Œuvres & thèmes

Collection dirigée par Hélène Potelet et Georges Décote

Georges Feydeau

On purge Bébé !

Texte intégral

Un genre

La comédie

© Hatier
Paris 2010
ISBN 978-2-218-94481-9
ISSN 0184 0851

Jasmine Zanotti-Rebellato
certifiée de lettres modernes,
docteur ès lettres

Hatier

L'air du temps

On purge Bébé ! (1910)

■ Georges Feydeau a 48 ans lorsque, le 12 avril 1910, le théâtre des Nouveautés donne en représentation à Paris *On purge Bébé !*

■ – En 1905, est votée la loi de séparation de l'Église et de l'État. La même année, la SFIO est fondée.
– 1906 est l'année de la réhabilitation de Dreyfus.
– En 1908 ont lieu les grèves de Draveil.
– En 1910, Aristide Briand est président du Conseil sous la IIIe République.
– L'année 1912 marque le début de la guerre dans les Balkans.

À la même époque...

■ En 1900, l'Exposition universelle a lieu à Paris.

■ En 1907, Picasso peint *Les demoiselles d'Avignon*.

■ En 1910 :
– le roman de Courteline, *Le Train de 8 h 47*, est adapté au théâtre ;
– Pierre-Auguste Renoir peint le *Portrait de Coco peignant*.

Sommaire

Introduction

Georges Feydeau (1862-1921)

Sa jeunesse

Georges Feydeau naît le 8 décembre 1862 à Paris d'un père romancier, Ernest Feydeau, ami de grands écrivains comme Gautier, Flaubert, les Goncourt, et de Léocadie Bogaslawa Zelewka. C'est dans cette ambiance littéraire que grandit cet enfant terrible dont le père déplore le caractère insupportable: « Après lui avoir tenu les discours les plus pathétiques et les plus sensés... voyant qu'il ne m'écoutait pas, je renonçai philosophiquement à l'en corriger. » À 7 ans, il va au théâtre pour la première fois: c'est le coup de foudre! Le lendemain, il écrit sa première pièce: sa vocation est née. À 14 ans, il fonde avec ses amis « Le Cercle des Castagnettes » dont l'objet est de donner des représentations dramatiques et des concerts. Il joue et écrit des monologues comiques. Son succès l'incite à délaisser définitivement les études, si bien qu'il n'obtiendra jamais son baccalauréat. À 20 ans, il obtient son premier succès d'auteur avec *Par la fenêtre*, une pièce en un acte, et récidive l'année suivante avec *Amour et Piano*, *Tailleur pour dames* (1886).

Mais les six années suivantes vont d'échec en échec avec *Un bain de ménage* (1888), *Chat en poche* (1888)...

Les années difficiles, puis le succès

Feydeau se marie le mardi 17 décembre 1889 avec Marie-Anne Carolus-Duran. Habituée chez ses parents à un train de vie luxueux, elle se révèle être une épouse particulièrement dépensière. La gêne financière dans laquelle se trouve l'auteur l'amène à se livrer à des spéculations boursières qui ne font qu'aggraver sa situation. Attiré par le jeu, Feydeau joue au baccara dans les cercles ou au casino d'Enghien, s'imaginant gagner pour résoudre ses problèmes d'argent. Mais il s'endette davantage...

Pendant l'été 1891, Feydeau achève *Champignol malgré lui* et *Monsieur Chasse!* Il adresse ses pièces au théâtre du Palais-Royal, le grand théâtre du vaudeville. *Monsieur Chasse!* retient l'attention du directeur du théâtre. Quant à *Champignol malgré lui*, le directeur des Nouveautés, Micheau, s'enthousiasme pour cette pièce et décide de la représenter. La même année, ces deux pièces de Feydeau sont donc à l'affiche à Paris: *Monsieur Chasse!* sera représenté cent quatorze fois et *Champignol malgré lui* 467 fois entre 1892 et 1894.
L'année 1892 marque ainsi le début d'une période de succès ininterrompus qui ne s'achèvera que 24 ans plus tard avec *Hortense a dit: «Je m'en fous!»*. Feydeau s'affirme alors comme un maître de la situation cocasse, du dialogue comique: *Un fil à la Patte* (1894), *L'Hôtel du Libre-Échange* (1895), *Le Dindon* (1896), *La Dame de chez Maxim's* (1899), *La Main passe* (1904), *La Puce à l'oreille* (1907), *Occupe-toi d'Amélie* (1908), *Feu la Mère de Madame* (1908), *On purge bébé!* (1910), *Mais n'te promène donc pas toute nue!* (1912) font de lui le maître du vaudeville.

La vie de noctambule et le divorce

Feydeau est un homme élégant et raffiné: «Georges, parfaitement beau, d'une suprême distinction, grand, blond, le visage aux traits réguliers, des dents éclatantes, que ne dissimule pas la moustache relevée en pointe, un maintien d'une grâce et d'une dignité incomparables, est vraiment un grand seigneur.» (Portrait de Feydeau par H. Gidel). Il aime à passer son temps dans les restaurants entourés d'amis variés. À partir de 1894, Maxim's, restaurant célèbre et mondain de la rue Royale, devient son lieu de prédilection.

Portrait de Georges Feydeau par Charles-Émile Carolus-Duran.

C'est là qu'il prend l'habitude de souper presque chaque soir. Il en devient l'un de clients les plus assidus, ce qui provoque des remontrances de la part de son épouse. Georges lui répond qu'il y cherche son inspiration: Feydeau écrira quelques années plus tard *La Dame de chez Maxim's* (1899).
La vie de Feydeau est dominée par la passion: le théâtre, la peinture (il est le plus grand collectionneur d'impressionnistes de son temps), le jeu, et, bien sûr, la passion des femmes qui conduira son épouse à demander le divorce en 1909. Il s'installe alors à l'Hôtel *Terminus*, près de la gare Saint-Lazare et inaugure un nouveau genre théâtral: la farce conjugale. Le sujet de ses pièces ne sera autre que sa propre vie de couple. Son but consistera à en faire ressortir tout le comique. C'est ainsi que naît dans l'esprit de l'auteur *On purge Bébé!*
Du fait de son existence dissolue, partagée entre une vie de noctambule et sa passion des femmes, il attrape une syphilis nerveuse qui atteint les cellules du cerveau. Il sombre dans une mélancolie extrême, alternée de crises de folie et meurt le 5 juin 1921, à l'âge de 58 ans.

Naissance de *On purge Bébé!*

En novembre 1907, Feydeau a 46 ans et vient d'écrire *Occupe-toi d'Amélie*. Écrire un autre vaudeville ne le tente guère. Certains critiques commencent à juger que le genre est trop répétitif. Feydeau n'est pas loin de penser comme eux. Il s'intéresse au théâtre de Courteline et la querelle conjugale lui apparaît peu à peu comme matière à inspiration: «Il lui faudrait, se dit-il, un sujet de querelle initial, quelque chose de classique, de très courant, qui entraînerait de manière irrésistible d'autres disputes, celles-ci en engendrant à leur tour de nouvelles. On aboutirait ainsi à une sorte de déballage général des griefs mutuels, à une gigantesque lessive conjugale, très sinistre sans doute, dans son essence, mais puissamment comique par la mesquinerie des détails pris sur le vif... En somme une *tranche de vie* naturaliste mais sauvée de l'ennui et de la laideur par un rire qui balaierait tout.» (biographie de Feydeau par H. Gidel, p. 213).
C'est ainsi que commence dans la carrière de Feydeau un nouveau cycle: celui des comédies avec *Léonie est en avance* (1911), *La Duchesse des Folies Bergère* (1912), *Hortense a dit: «Je m'en fous!»* (1916). Si les sujets sont plus graves, le rythme de l'action, les rebondissements, quiproquos, coups de théâtre et répliques emplies de mots d'esprit relèvent toujours du vaudeville.

Georges Feydeau

On purge Bébé !

On purge Bébé! Mise en scène de Jean-Luc Jeener,
avec François-Paul Dubois (Chouilloux), Benoît Dugas (Follavoine),
Angélique Dessaint (Julie), Germain Lainard (Toto),
costumes de Catherine Lainard.
Théâtre du Nord-Ouest, 2004.

On purge Bébé !

Pièce en un acte

Par Georges Feydeau

Représentée pour la première fois, à Paris, sur la scène du théâtre des Nouveautés, le 12 avril 1910

Les personnages/acteurs qui ont créé les rôles

ADHÉAUME CHOUILLOUX : MM. Germain.

FOLLAVOINE : Marcel Simon.

HORACE TRUCHET : Choisy.

JULIE FOLLAVOINE : Mmes A. Cassive.

ROSE : Jenny Rose.

CLÉMENCE CHOUILLOUX : Delys.

TOTO, *7 ans* : La petite Lesseigne.

GERMAIN.

Le cabinet de travail de Follavoine. Le décor est à pan coupé, à gauche ; à pan droit, à droite. Au premier plan, à gauche, porte donnant sur la chambre de Follavoine. Dans le pan coupé de gauche, porte donnant chez madame Follavoine. Au fond, au milieu, porte donnant sur le vestibule. De chaque côté de la porte au fond, une bibliothèque vitrée, ou grillagée, avec chaque battant tendu d'un plissé de taffetas de façon à dissimuler l'intérieur ; (le battant gauche de la bibliothèque de droite doit être fixe ; c'est derrière ce battant que seront placés dans ce meuble les deux vases de nuit, de façon à ce qu'ils soient invisibles au public lorsqu'on aura à ouvrir la bibliothèque). À droite, tenant la presque totalité de ce côté du décor, une grande fenêtre à quatre vantaux ; (brise-bise et rideaux).

À droite, milieu de la scène, une grande table-bureau face aux spectateurs ; sur la table, des dossiers, livres, un dictionnaire, des papiers épars et une boîte contenant des rondelles de caoutchouc. Dans le tiroir de droite par rapport à l'acteur, une boîte avec des pastilles de menthe. Sous la table, un panier à papier. Derrière la table, un fauteuil de bureau. Devant la table, à son extrémité droite, un fauteuil. À gauche de la scène, un canapé légèrement en biais. À gauche du canapé, un petit guéridon bas. À droite et au-dessus du canapé, une chaise.

AVIS. – *Derrière la toile de fond du vestibule, placer perpendiculairement une planche, un praticable quelconque, et insérer entre, des « pains » de fonte placés sur le tranchant de façon à opposer un corps dur à l'envoi des vases de nuit, ceci, afin d'être sûr qu'ils se briseront.*

Illustration de Françoise Parmentier, 2004.

Scène première

« Elle ne sait rien cette fille ! rien ! »

FOLLAVOINE, *puis* ROSE

Au lever du rideau. Follavoine, penché sur sa table de travail, la jambe repliée sur son fauteuil de bureau, la croupe sur le bras du fauteuil, compulse son dictionnaire.

FOLLAVOINE, *son dictionnaire ouvert devant lui sur la table.* – Voyons : « Îles Hébrides ?… Îles Hébrides ?… Îles Hébrides ?… » *(On frappe à la porte. Sans relever la tête et avec humeur.)* Zut ! entrez ! *(À Rose qui paraît.)* Quoi ? Qu'est-ce que vous voulez ?

ROSE, *arrivant du pan coupé de gauche.* – C'est Madame qui demande Monsieur.

FOLLAVOINE, *se replongeant dans son dictionnaire et avec brusquerie.* – Eh bien ! qu'elle vienne !… Si elle a à me parler, elle sait où je suis.

ROSE, *qui est descendue jusqu'au milieu de la scène.* – Madame est occupée dans son cabinet de toilette ; elle ne peut pas se déranger.

FOLLAVOINE. – Vraiment ? Eh bien ! moi non plus ! Je regrette ! je travaille.

ROSE, *avec indifférence.* – Bien, Monsieur.

(Elle fait mine de remonter.)

FOLLAVOINE, *relevant la tête, sans lâcher son dictionnaire. – Sur le même ton brusque.* – D'abord, quoi ? Qu'est-ce qu'elle me veut ?

ROSE, *qui s'est arrêtée à l'interpellation de Follavoine.* – Je ne sais pas, Monsieur.

FOLLAVOINE. – Eh bien ! allez lui demander !

ROSE. – Oui, Monsieur.

(Elle remonte.)

FOLLAVOINE. – C'est vrai ça !… *(Rappelant Rose au moment où elle va sortir.)* Au fait, dites donc, vous… !

ROSE, *redescendant.* – Monsieur ?

FOLLAVOINE. – Par hasard, les… les Hébrides… ?

ROSE, *qui ne comprend pas.* – Comment ?

FOLLAVOINE. – Les Hébrides ?… Vous ne savez pas où c'est ?

ROSE, *ahurie.* – Les Hébrides ?

FOLLAVOINE. – Oui.

ROSE. – Ah ! non !… non !… *(Comme pour se justifier.)* C'est pas moi qui range ici !… c'est Madame.

FOLLAVOINE, *se redressant en refermant son dictionnaire sur son index de façon à ne pas perdre la page.* – Quoi ! quoi, « qui range » ! les Hébrides !… des îles ! bougre d'ignare !… de la terre entourée d'eau… vous ne savez pas ce que c'est ?

ROSE, *ouvrant de grands yeux.* – De la terre entourée d'eau ?

FOLLAVOINE. – Oui ! de la terre entourée d'eau, comment ça s'appelle ?

ROSE. – De la boue ?

FOLLAVOINE, *haussant les épaules.* – Mais non, pas de la boue ? C'est de la boue quand il n'y a pas beaucoup de terre et pas beaucoup d'eau ; mais, quand il y a beaucoup de terre et beaucoup d'eau, ça s'appelle des îles !

ROSE, *abrutie*. – Ah ?

FOLLAVOINE. – Eh bien ! les Hébrides, c'est ça ! c'est des îles ! par conséquent, c'est pas dans l'appartement.

ROSE, *voulant avoir compris*. – Ah ! oui !... c'est dehors !

FOLLAVOINE, *haussant les épaules*. – Naturellement ! c'est dehors.

ROSE. – Ah ! ben, non ! non je les ai pas vues.

FOLLAVOINE, *quittant son bureau et poussant familièrement Rose vers la porte pan coupé*. – Oui, bon, merci, ça va bien !

ROSE, *comme pour se justifier*. – Y a pas longtemps que je suis à Paris, n'est-ce pas... ?

FOLLAVOINE. – Oui !... oui, oui !

ROSE. – Et je sors si peu !

FOLLAVOINE. – Oui ! ça va bien ! allez !... Allez retrouver Madame.

ROSE. – Oui, Monsieur !

(Elle sort.)

FOLLAVOINE. – Elle ne sait rien cette fille ! rien ! qu'est-ce qu'on lui a appris à l'école ? *(Redescendant jusque devant la table contre laquelle il s'adosse.)* « C'est pas elle qui a rangé les Hébrides » ! Je te crois, parbleu ! *(Se replongeant dans son dictionnaire.)* « Z'Hébrides... Z'Hébrides... » *(Au public.)* C'est extraordinaire ! je trouve zèbre, zébré, zébrure, zébu !... Mais de Zhébrides, pas plus que dans mon œil ! Si ça y était, ce serait entre zébré et zébrure. On ne trouve rien dans ce dictionnaire !

(Par acquit de conscience, il reparcourt des yeux la colonne qu'il vient de lire.)

Repérer et analyser

Le titre et les didascalies

Les didascalies sont une spécificité du langage théâtral : en italique et souvent entre parenthèses, elles fournissent diverses indications de mise en scène. On distingue par exemple la *didascalie initiale* (qui présente la liste des personnages), *les didascalies d'énonciation* (qui indiquent le nom du personnage qui prend la parole ou précisent le nom de celui à qui il s'adresse), les didascalies de *décor*, d'*objets* (les accessoires dont l'acteur a besoin), de *ton*, de *gestes*, de *mouvements* (déplacements des personnages), etc.

1 Observez la didascalie initiale (liste des personnages).
a. La pièce comporte-t-elle beaucoup de personnages ? Combien y a-t-il de couples ?
b. Quel est l'âge et le nom du personnage le plus jeune ? Mettez sa présence en rapport avec le titre de la pièce.

2 Observez les autres didascalies dans la scène. Sont-elles nombreuses ? Relevez-en quelques-unes et classez-les selon le type d'indications qu'elles fournissent.

Le décor et ses fonctions

Dans le vaudeville, le décor reflète le milieu social et professionnel des personnages mais il est surtout mis au service de l'intrigue : il est agencé de manière à provoquer entre les personnages des rencontres qu'ils ne souhaitent pas forcément, à ménager des entrées et des sorties qui leur permettent de fuir en courant, d'entrer, se cacher, etc.

3 Relisez la didascalie de décor (p. 8-9).
a. Combien y a-t-il de portes ? Dans quelles différentes pièces donnent-elles ?
b. Dans ce décor, les personnages pourront-ils sortir sans être vus des autres ?

4 **a.** Quels meubles se trouvent de chaque côté de la porte du fond ?
b. Quels objets doivent rester dissimulés ? Quel rapport peuvent-ils avoir avec l'action ? Émettez des hypothèses.

5 **a.** Où le bureau est-il situé par rapport au spectateur ? Quel est l'intérêt de cet emplacement ?

b. Quels objets sont posés sur le bureau ? Le personnage vous paraît-il ordonné ?

6 À la vue du décor, au lever du rideau, le spectateur a-t-il une idée du milieu social des personnages ou de la profession du personnage maître des lieux ?

Les répliques et l'énonciation théâtrale

– *Les répliques* constituent la seconde composante du *langage théâtral*. Ce sont les paroles prononcées par les personnages et dites par les acteurs.
– Tout dialogue se réfère à *une situation d'énonciation*. Identifier cette situation, c'est se demander qui émet l'énoncé (énonciateur), à qui il s'adresse (destinataire), dans quel lieu, à quel moment et dans quelles circonstances l'énoncé a été émis.
– *Au théâtre*, la situation d'énonciation est particulière : les propos échangés par les personnages sont destinés non seulement aux personnages présents sur la scène, mais aussi aux spectateurs. On parle donc de *double énonciation*.

7 Qui sont les personnages qui prennent la parole dans cette scène ? Qui sont-ils l'un par rapport à l'autre ? Identifiez le niveau de langage de chacun d'eux.

8 Quel moment de la journée peut-il être ? Justifiez votre réponse.

L'exposition

– Les premières scènes d'une pièce de théâtre sont destinées à fournir aux spectateurs les informations qui leur sont indispensables pour comprendre l'action. On appelle ces scènes « *scènes d'exposition* ».
– *Dans le vaudeville*, la scène d'exposition consiste à montrer au spectateur les personnages dans un moment de leur vie quotidienne, lui donnant l'impression qu'il a le privilège d'assister à une tranche de vie familière ou intime.

Le personnage de Follavoine

9 **a.** Qu'apprend le spectateur concernant le personnage de Follavoine (niveau d'instruction, relations qu'il entretient avec sa femme, comportement dont il fait preuve envers sa bonne) ? Justifiez vos réponses.

b. Quels types de phrases traduisent son impatience et sa nervosité au cours de la scène ? Relevez les didascalies qui confirment cet aspect du personnage.

Le ton ou registre de la pièce

En général, l'exposition donne d'emblée le ton ou le registre dominant de la pièce : comique (registre du rire), tragique (registre des pleurs et de l'émotion).

10 Le spectateur identifie-t-il rapidement le ton ou registre de la pièce ? Justifiez votre réponse.

L'action

11 Que fait Follavoine au lever du rideau ?

12 **a.** Quel est le motif de la venue de Rose ?

b. Quelle demande Follavoine fait-il à Rose ? Répond-elle à sa demande ?

c. Où Rose se rend-elle à la fin de la scène ?

Le comique

Le comique peut naître :
- des mots : jurons, incorrections du langage, jeux de mots, répétitions, noms des personnages ;
- des gestes : mimiques, déguisements, personnages qui se cachent, courent sur scène, etc. ;
- des situations : quiproquos, renversement de situation ;
- des caractères : manies, obsessions, traits de caractère qui s'écartent de la norme.

Le comique de mots

Feydeau joue à donner à ses personnages des noms à résonance comique. Ils peuvent évoquer une apparence physique (Ventroux), être empruntés au domaine animal (Leboucq, Lemplumé), culinaire (Gratin), climatique (Chandebise) ; ils peuvent évoquer un lieu (bois d'Enghien), ou encore être construits sur des sonorités comiques (Lanoix Devaux).

13 Décomposez le nom de Follavoine. En quoi ce nom est-il amusant ? À quel domaine se rattache-t-il ?

14 Relevez quelques jurons ou insultes proférés par Follavoine. Contre qui se met-il en colère ? À quel propos ?

Le comique de situation : ignorance et méprises

L'effet comique chez Feydeau naît souvent de situations d'ignorance et de méprises. Les personnages ne communiquent plus et leur échange crée un décalage comique qui suscite le rire du spectateur.

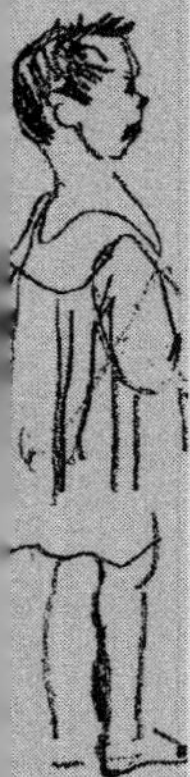

15 Que cherche Follavoine dans le dictionnaire? Pour quelle raison ne parvient-il pas à trouver ce qu'il cherche? À quel moment le spectateur le comprend-il? Justifiez votre réponse et dites en quoi la situation est comique.

16 **a.** En quoi l'échange entre Follavoine et Rose est-il comique (l. 27 à 63)? Appuyez-vous sur des répliques précises.
b. Quel sens Rose peut-elle donner au mot «Hébrides»? A-t-elle finalement compris ce que sont les Hébrides? Citez les répliques qui justifient votre réponse.

17 **a.** Que révèle cette scène sur le niveau intellectuel des personnages? M. Follavoine est-il plus instruit que Rose? Justifiez votre réponse en vous appuyant sur le texte.
b. Quel est l'effet produit sur le spectateur?

Les attentes du spectateur

18 Que peut imaginer le spectateur sur la vie de couple de Follavoine? Quel personnage attend-il?

Étudier la langue

Les niveaux de langage

- Le langage *familier* est caractérisé par l'emploi de termes familiers (*rigoler*) et de phrases grammaticalement incorrectes: omission d'une partie de la *négation* (*Je sais pas*…); reprise des *pronoms* (*nous on a décidé de*… ; *ma mère elle m'a dit*…) ou suppression (*faut le faire*).
- Le langage *courant* est celui de la langue usuelle, sans incorrection, mais sans recherche particulière.
- Le langage *soutenu* est caractérisé par l'emploi de termes et de constructions recherchés.

Le niveau de langage dépend de l'énonciateur, du destinataire, des relations que l'un et l'autre entretiennent, des circonstances (*C'est marrant/C'est drôle/C'est désopilant*).

19 Relevez dans les répliques de Rose des incorrections grammaticales. Récrivez les passages en corrigeant ces incorrections.

Scène 2 (début)

« On ne trouve rien dans ce dictionnaire ! »

FOLLAVOINE, JULIE

JULIE, *surgissant en trombe par la porte, pan coupé. Tenue de souillon : peignoir-éponge dont la cordelière non attachée traîne par derrière ; petit jupon de soie sur la chemise de nuit qui dépasse par en bas ; bigoudis dans les cheveux ; bas tombant sur les savates. – Elle tient un seau de toilette plein d'eau à la main.* – Alors, quoi ? Tu ne peux pas te déranger ? Non ?

FOLLAVOINE, *sursautant.* – Ah ! je t'en prie, n'entre donc pas toujours comme une bombe !... Ah !...

JULIE, *s'excusant ironiquement.* – Oh ! pardon ! *(La bouche pincée et sur un ton sucré.)* Tu ne peux pas te déranger ? Non ?

FOLLAVOINE, *avec humeur.* – Eh bien ! et toi ? Pourquoi faut-il que ce soit moi qui me dérange plutôt que toi ?

JULIE, *avec un sourire pointu.* – C'est juste ! c'est juste ! nous sommes mariés, alors !...

FOLLAVOINE. – Quoi ? Quoi ? Quel rapport ?...

JULIE, *de même.* – Ah ! je serais seulement la femme d'un autre, il est probable que !...

FOLLAVOINE. – Ah ! laisse-moi donc tranquille ! je suis occupé, v'là tout !

JULIE, *posant le seau qu'elle tient à la main au milieu de la scène, et gagnant la gauche.* – Occupé ! Monsieur est occupé ! c'est admirable !

FOLLAVOINE. – Oui, occupé ! *(Apercevant le seau laissé par Julie.)* Ah !

JULIE, *se retournant à l'exclamation de Follavoine.* – Quoi ?

FOLLAVOINE. – Ah çà ! tu es folle ? Tu m'apportes ton seau de toilette ici, à présent ?

JULIE. – Quoi, « mon seau » ? Où ça, « mon seau » ?

FOLLAVOINE, *l'indiquant.* – Ça !

JULIE. – Ah ! là ! c'est rien ! *(Le plus naturellement du monde.)* C'est mes eaux sales.

FOLLAVOINE. – Qu'est-ce que tu veux que j'en fasse ?

JULIE. – Mais c'est pas pour toi ! C'est pour les vider.

FOLLAVOINE. – Ici ?

JULIE. – Mais non, pas ici ! Que c'est bête ce que tu dis-là ! Je n'ai pas l'habitude de vider mes eaux dans ton cabinet de travail ; j'ai du tact.

FOLLAVOINE. – Alors, pourquoi me les apportes-tu ?

JULIE. – Mais pour rien ! Parce que j'avais le seau en main pour aller le vider quand Rose est venue me rapporter ta charmante réponse : alors, pour ne pas te faire attendre…

FOLLAVOINE. – Tu ne pouvais pas le laisser à la porte ?

JULIE. – Ah ! et puis tu m'embêtes ! Si ça te gêne tant, tu n'avais qu'à te déranger quand je te demandais de venir ; mais Monsieur était occupé ! à quoi ? Je te le demande.

(Elle a arpenté jusqu'au fond.)

FOLLAVOINE, *sur un ton bougon.* – À des choses, probable !

JULIE. – Quelles ?

FOLLAVOINE, *de même.* – Eh bien ! des choses… Je cherchais « Îles Hébrides » dans le dictionnaire.

JULIE. – Îles Hébrides ! T'es pas fou ? Tu as l'intention d'y aller ?

FOLLAVOINE, *de même.* – Non, je n'ai pas l'intention !

JULIE, *d'un ton dédaigneux, tout en s'asseyant sur le canapé.* – Alors, qu'est-ce que ça te fait ? En quoi ça peut-il intéresser un fabricant de porcelaine de savoir où sont les Hébrides ?

FOLLAVOINE, *toujours sur le ton grognon.* – Si tu crois que ça m'intéresse ! Ah bien !... je te jure que si c'était pour moi !... Mais c'est pour Bébé. Il vous a de ces questions ! Les enfants s'imaginent, ma parole ! que les parents savent tout !... *(Imitant son fils.)* « Papa, où c'est les Hébrides ? *(Reprenant sur un ton bougon, pour s'imiter lui-même.)* – Quoi ? *(Voix de son fils.)* Où c'est les Hébrides, papa ? » Oh ! j'avais bien entendu ! j'avais fait répéter à tout hasard... *(Maugréant.)* « Où c'est, les Hébrides » ? est-ce que je sais, moi ! Tu sais où c'est, toi ?

JULIE. – Bien oui, c'est... J'ai vu ça quelque part, sur la carte ; je ne me rappelle pas où.

FOLLAVOINE, *remontant pour aller s'asseoir à sa table sur laquelle il pose son dictionnaire ouvert à la page qu'il compulsait.* – Ah ! comme ça, moi aussi ! Mais je ne pouvais pas lui répondre ça, à cet enfant ! Qu'est-ce qu'il aurait pensé ! J'ai essayé de m'en tirer par la tangente : « Chut ! allez ! ça ne te regarde pas ! Les Hébrides, c'est pas pour les enfants ! »

JULIE. – En voilà une idée ! C'est idiot.

FOLLAVOINE. – Oui ! Ah ! c'était pas heureux ; c'était précisément dans les questions de géographie que lui avait laissées Mademoiselle.

JULIE, *haussant les épaules.* – Dame, évidemment !

FOLLAVOINE. – Eh ! aussi est-ce qu'on devrait encore apprendre la géographie aux enfants à notre époque ?... avec les chemins de fer et les bateaux, qui vous mènent tout droit !... et les indicateurs où l'on trouve tout !

JULIE. – Quoi ? Quoi ? Quel rapport ?

FOLLAVOINE. – Mais absolument ! Est-ce que, quand tu as besoin d'une ville, tu vas la chercher dans la géographie ? Non, tu cherches dans l'indicateur ! Eh ben ! alors !…

JULIE. – Mais alors, ce petit ? *(Se levant et ramassant son seau au passage.)* Tu ne l'as pas aidé ? Tu l'as laissé dans le pétrin ?

FOLLAVOINE. – Bédame ! Comment veux-tu ? C'est-à-dire que j'ai pris un air profond, renseigné ; celui du monsieur qui pourrait répondre mais qui ne veut pas parler et je lui ai dit : « Mon enfant, si c'est moi qui te montre, tu n'as pas le mérite de l'effort ; essaye de trouver, et si tu n'y arrives pas, alors je t'indiquerai. »

JULIE, *près de Follavoine, à gauche de la table.* – Oui, vas-y voir !

FOLLAVOINE. – Je suis sorti de sa chambre avec un air détaché ; et, aussitôt la porte refermée, je me suis précipité sur ce dictionnaire, persuadé que j'allais trouver ! Ah bien ! oui, je t'en fiche ! Nibe.

JULIE, *qui ne comprend pas.* – Nibe ?

FOLLAVOINE. – Enfin, rien !

JULIE, *incrédule.* – Dans le dictionnaire ? *(Elle pose son seau par terre à gauche de la table et, écartant son mari pour examiner le dictionnaire à sa place.)* Allons, voyons ! voyons !…

FOLLAVOINE, *descendant de l'extrême droite.* – Oh ! tu peux regarder ! Non ! Vraiment, tu devrais bien dire à Mademoiselle de ne pas farcir la cervelle de ce petit avec des choses que les grandes personnes elles-mêmes ignorent… et qu'on ne trouve seulement pas dans le dictionnaire.

JULIE, *qui s'est assise et depuis un instant a les yeux fixés sur la page ouverte du dictionnaire.* – Ah çà ! mais !… mais !…

FOLLAVOINE. – Quoi ?

JULIE. – C'est dans les Z que tu as cherché ça ?

FOLLAVOINE, *un peu interloqué.* – Hein ?… mais… oui…

JULIE, *haussant les épaules avec pitié.* – Dans les Z, les Hébrides ? Ah bien ! je te crois que tu n'as pas pu trouver.

FOLLAVOINE. – Quoi ? C'est pas dans les Z ?

(Il contourne la table et remonte (n° 1) près de Julie.)

JULIE, *tout en feuilletant rapidement le dictionnaire.* – Il me demande si c'est pas dans les Z !

FOLLAVOINE. – C'est dans quoi, alors ?

JULIE, *s'arrêtant à une page du dictionnaire.* – Ah ! porcelainier, va !… Tiens, tu vas voir comme c'est dans les Z. *(Parcourant la colonne des mots.)* Euh !… « Ébraser, Èbre, Ébrécher… » C'est dans les E, voyons ! « … Ébriété, ébroïcien, ébro… » *(Interloquée.)* Tiens ! Comment ça se fait ?

Benoît Dugas (Follavoine) et Angélique Dessaint (Julie). Mise en scène de Jean-Luc Jeener, 2004.

FOLLAVOINE. – Quoi ?

JULIE. – Ça n'y est pas !

FOLLAVOINE, *dégageant vers la gauche et sur un ton triomphant.* – Ah ! ah ! Je ne suis pas fâché !... Toi qui veux toujours en savoir plus que les autres !...

JULIE, *décontenancée.* – Je ne comprends pas : ça devrait être entre « ébrécher » et « ébriété ».

FOLLAVOINE, *sur un ton rageur.* – Quand je te dis qu'on ne trouve rien dans ce dictionnaire ! Tu peux chercher les mots par une lettre ou par une autre, c'est le même prix ! On ne trouve que des mots dont on n'a pas besoin !

JULIE, *les yeux fixés sur le dictionnaire.* – C'est curieux !

FOLLAVOINE, *s'asseyant sur le canapé et sur un ton pincé.* – Tout de même, je vois que la « porcelainière » peut aller de pair avec le « porcelainier ».

JULIE, *sèchement.* – En tout cas j'ai cherché dans les E ; c'est plus logique que dans les Z.

FOLLAVOINE, *haussant les épaules.* – Ah ! là, là ! « plus logique dans les E » ! pourquoi pas aussi dans les H ?

JULIE, *vexée.* – « Dans les H... dans les H... » ! Qu'est-ce que ça veut dire ça, « dans les H » ?... *(Changeant insensiblement de ton.)* Mais, au fait... dans les H... pourquoi pas ?... mais oui : « Hébrides... Hébrides », il me semble bien que ?... oui ! *(Elle s'est précipitée sur le dictionnaire qu'elle feuillette d'une main fébrile.)* H !... H... H...

FOLLAVOINE, *la singeant.* – Quoi, « achachache » ?

JULIE, *parcourt rapidement la colonne des mots.* – « Hèbre, Hébreux, Hébrides » ! *(Triomphante.)* Mais oui, voilà : « Hébrides », ça y est !

FOLLAVOINE, *se précipitant vers sa femme.* – Tu l'as trouvé ? *(Dans son mouvement, il est allé donner du pied contre le seau qu'il n'a pas vu. Avec rage.)* Ah ! là, voyons ! *(Il ramasse le seau et ne sachant où le mettre, le pose sur le coin gauche de la table. Il reste ainsi les deux avant-bras appuyés sur le couvercle du seau.)*

JULIE. – En plein : « Hébrides, îles qui bordent l'Écosse au nord ».

FOLLAVOINE, *dégageant vers la gauche, et radieux, comme si c'était lui qui avait trouvé.* – Eh bien ! voilà !

JULIE. – Ah ! et puis encore : « Nouvelles-Hébrides, îles de la Mélanésie ».

FOLLAVOINE, *sur le même ton.* – « Mélanésie », voilà ! C'est bien ça ! Tout à l'heure nous n'avions pas d'Hébrides du tout et maintenant nous en avons trop ! Voilà ! C'est l'éternelle histoire ! C'est la vie !

JULIE. – Oui, mais lesquelles lui faut-il, maintenant, à ce petit !

FOLLAVOINE, *à la « je m'en fiche ».* – Oh ! ben ça, ça m'est égal ! Il choisira celles qu'il voudra ! On avait besoin d'Hébrides ; on en a, c'est l'essentiel ! S'il y en a trop, on en laissera !

JULIE. – Et dire qu'on cherchait dans les « E » et dans les « Z »...

FOLLAVOINE, *se laissant tomber sur le canapé.* – On aurait pu chercher longtemps !

JULIE, *se levant et passant son bras dans l'anse de son seau pour l'emporter.* – Et c'était dans les « H » !

FOLLAVOINE, *avec un aplomb touchant à l'inconscience.* – Qu'est-ce que je disais !

JULIE, *ahurie de son toupet, se retourne vers lui, puis.* – Comment, « ce que tu disais » !

FOLLAVOINE, *le plus calme du monde.* – Eh ben ! oui, quoi ? C'est peut-être pas moi qui ai dit : « pourquoi pas dans les H ? »

JULIE. – Pardon ! Tu l'as dit !... tu l'as dit... ironiquement.

FOLLAVOINE, *se levant et allant à elle.* – Ironiquement ! En quoi ça, ironiquement ?

JULIE. – Absolument ! pour te moquer de moi : *(Contrefaisant sa voix.)* « Ah ! pourquoi pas aussi dans les H » ?

(Elle passe au n° 1.)

FOLLAVOINE. – Ah bien ! non, tu sais !...

JULIE. – C'est moi alors qui, subitement, ai eu comme la vision du mot.

FOLLAVOINE, *gagnant la droite au-dessus de la table.* – « Comme la vision du mot » ! c'est admirable ! « Comme la vision du mot » ! Cette mauvaise foi des femmes ! Je te dis : « Pourquoi pas dans les H ? » Alors tu sautes là-dessus, tu fais : « Au fait oui, dans les H, pourquoi pas ? » Et tu appelles ça : « avoir la vision du mot » ? Ah bien ! c'est commode !

JULIE, *furieuse, allant jusqu'au coin gauche de la table sur laquelle elle pose son seau.* – Oh ! c'est trop fort ! Quand c'est moi qui ai pris le dictionnaire ! quand c'est moi qui ai cherché dedans !

FOLLAVOINE, *descendant par la droite de la table. Sur un ton persifleur.* – Oui, dans les E !

JULIE. – Dans les E... dans les E d'abord ; comme toi avant, dans les Z ; mais ensuite dans les H.

FOLLAVOINE, *s'asseyant sur le fauteuil qui est à droite devant la table. – L'air détaché, les yeux au plafond.* – Belle malice, quand j'ai eu dit : « Pourquoi pas dans les H » ?

JULIE, *gagnant la gauche.* – Oui, comme tu aurais dit : « Pourquoi pas dans les Q » ?

FOLLAVOINE. – Oh ! non, ma chère amie, non ! si nous en arrivons aux grossièretés !...

JULIE, *se retourne ahurie, reste un instant interloquée, puis.* – Quoi ? Quoi ? Quelles grossièretés ?

FOLLAVOINE. – Moi, je te préviens que je ne suis pas de force, alors !...

JULIE, *gagnant la gauche de la table.* – Où ça, des grossièretés ? Parce que je te tiens tête ? Parce que je dis ce qui est ? *(Secouant rageusement son seau de toilette sur la table tout en parlant.)* Mais oui, c'est moi qui ai trouvé ! Oui, c'est moi qui ai trouvé !

FOLLAVOINE, *se précipitant sur le seau de toilette pour le lui enlever des mains.* – Eh bien ! oui, oui !... bon ! c'est bon !

(Il cherche à droite et à gauche où poser le seau.)

JULIE, *voyant son jeu.* – Quoi ? Qu'est-ce que tu cherches ?

FOLLAVOINE, *avec rage.* – Je cherche... je cherche... je cherche où mettre ça.

JULIE. – Eh bien ! pose-le par terre.

FOLLAVOINE, *le déposant au milieu de la scène.* – Oui.

JULIE, *revenant à la charge.* – Non, tu sais, avoir l'aplomb de prétendre !...

FOLLAVOINE, *excédé.* – Oh !... mais oui, là ! Puisque c'est entendu ! C'est toi qui as trouvé.

JULIE. – Mais, parfaitement, c'est moi ! Il ne s'agit pas d'avoir l'air de me faire des concessions.

FOLLAVOINE. – Ah ! et puis, je t'en prie, en voilà assez, hein ! avec tes E, tes Z, tes H et tes Q ! c'est vrai ça ! Tiens, tu ferais mieux d'aller t'habiller !

JULIE, *ronchonnant.* – Me dire que je n'ai pas eu la vision !... *(Elle s'assied sur le bras du canapé.)*

Questions

Repérer et analyser

L'enchaînement des scènes

- *Les changements de scène.* Il y a changement de scène quand il y a entrée ou sortie d'un ou plusieurs personnages.
- *Les entrées spectaculaires.* L'entrée sur scène d'un personnage peut revêtir un aspect spectaculaire. Ce type d'entrée est fondé sur des gestes et surtout sur des accessoires dont la fonction peut être de mettre en relief le ridicule du personnage.

1 **a.** Quelle réplique permet l'enchaînement entre la scène 1 et la scène 2 ?
b. Quel personnage apparaît dans la scène 2 ? En quoi l'entrée de ce personnage est-elle spectaculaire (tenue, accessoires) ?

L'exposition

2 Qu'apprend le spectateur sur le couple Julie/Follavoine concernant la nature des sentiments qui les unit et le métier de Follavoine ?

3 Le spectateur apprend la raison pour laquelle Follavoine cherche le mot « Hébrides » dans le dictionnaire. Quelle est-elle ?

Le personnage de Julie

Il existe trois catégories de personnages féminins dans le théâtre de Feydeau : l'épouse fidèle et respectable, la femme de mœurs légères, l'épouse acariâtre.

4 Quelle image Julie donne-t-elle d'elle-même au spectateur dès le début de la scène (l. 1 à 14) ? Appuyez-vous sur les répliques qu'elle prononce et sur les didascalies (gestes, ton, accessoire, expression). Quel type de femme représente-t-elle ?

La progression du dialogue : une scène de dispute

5 **a.** En quoi les relations entre les deux personnages sont-elles tendues dès le début de la scène (l. 1 à 46) ? Citez le texte.
b. Quel est le principal sujet de discussion qui occupe la suite de la scène ? En quoi fait-il le lien avec la première scène ?

6 **a.** Retracez la démarche que suit Julie pour rechercher le mot « Hébrides » dans le dictionnaire. Comment finit-elle par le trouver ? Justifiez votre réponse.
b. Pour quelle raison Follavoine lui conteste-t-il la victoire ?
7 **a.** Relevez le mot qui relance la dispute (l. 188).
b. Quel personnage finit par céder, mettant fin à la dispute ? Appuyez votre réponse sur une réplique précise.
8 Relevez dans l'ensemble du passage quelques didascalies et répliques qui traduisent la tension entre le mari et la femme.

Le comique

Le comique de situation

9 De quelle façon Julie parvient-elle à trouver l'orthographe du mot « Hébrides » ? Est-ce parce qu'elle est plus instruite que son mari ? En quoi la situation est-elle comique ?
10 Le renversement de situation

Il y a renversement de situation quand un personnage qui était en position de supériorité passe en un instant à une situation d'infériorité, et vice-versa.

a. Relevez les répliques par lesquelles Follavoine se considère supérieur à Julie en se moquant d'elle.
b. À partir de quelle réplique Julie prend-elle l'avantage sur lui ?
c. En quoi y a-t-il renversement de situation ? En faveur de qui ?
11 Montrez en citant le texte que par la suite, Follavoine fait preuve de mauvaise foi. Appuyez-vous notamment :
a. Sur le jeu subtil des pronoms personnels qui lui permet de s'approprier la victoire (l. 169 à 183).
b. Sur la façon dont il reprend et interprète les propos de Julie pour leur attribuer un autre sens (l. 195 à 202).

Le théâtre dans le théâtre

12 **a.** Relisez le passage dans lequel Follavoine reproduit le dialogue qu'il a eu avec son fils (l. 58 à 93). Quel est l'effet produit ?
b. Quelles différentes réponses lui a-t-il données pour cacher son ignorance ? En quoi ces réponses sont-elles ridicules ?

13 Relisez les lignes 182 à 215.
a. Montrez que les deux époux répètent la même scène de la dispute afin de se convaincre mutuellement que chacun a trouvé la réponse au problème. Pour répondre, relevez les répliques qui montrent que Follavoine imite la voix de Julie et que Julie imite celle de son mari. Quel signe typographique permet au lecteur de repérer ces répliques?
b. En quoi cet échange est-il comique?

Le comique de caractère

14 **a.** Montrez en citant le texte que Follavoine cherche à justifier son ignorance à propos des îles Hébrides en avançant des arguments saugrenus (l. 78 à 85).
b. En quoi Follavoine fait-il preuve de vanité et de bêtise dans ce passage?

Le comique de mots

15 Les répétitions

Les répétitions de mots ou d'expressions créent un rythme comique.

a. Combien de fois l'expression «Dans les H» est-elle répétée entre les lignes 145 et 215?
b. En quoi la réplique «pourquoi pas aussi dans les H?» (l. 146) est-elle ironique? Sur quel ton la prononce-t-il?
c. Follavoine reprend la même expression ligne 200: la prononce-t-il sur le même ton et avec le même état d'esprit? Justifiez votre réponse.

16 Le jeu sur les mots
«Pourquoi pas dans les Q?» (l. 214-215): Julie comprend-elle l'allusion grivoise faite par son mari? Quel est l'effet produit?

Le comique des objets et le comique de geste

17 **a.** À quel moment Follavoine prend-il conscience de la présence du seau? Relevez la didascalie. Quelle est sa réaction?
b. Sur quel ton Julie lui répond-elle? Comment justifie-t-elle la présence des eaux sales dans le cabinet de son mari?

18 **a.** Relisez les didascalies des lignes 157 à 162. En quoi la gestuelle de Follavoine est-elle amusante?

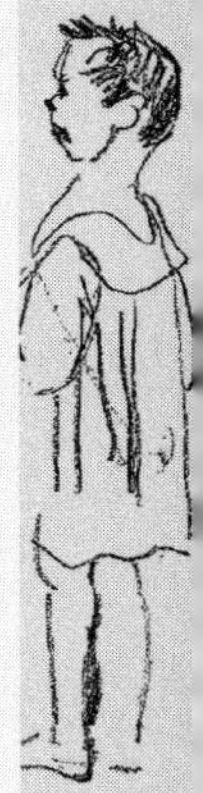

b. Où Julie dépose-t-elle le seau pendant la discussion ? Appuyez-vous sur la didascalie des lignes 203-204. Quel est son état d'esprit ?

19 Relisez la didascalie des lignes 223-224 : que traduit le geste de Julie sur son état intérieur ?

20 Relisez la didascalie des lignes 226-227. Quel rôle joue le seau dans la capitulation de Follavoine ? Que devient le seau à la fin de la discussion ?

Écrire

Écrire une courte scène

21 Rédigez une scène de ménage où un couple s'affronte sur un sujet futile. Chacun des deux époux veut avoir raison.

Mettre en scène

Les entrées spectaculaires

22 En respectant la personnalité des deux personnages, jouez cette scène en suivant les didascalies données par Feydeau. L'apparition de Julie doit être spectaculaire ; sa personnalité est celle d'une mégère. Le ton doit être fort (en voix), autoritaire et tyrannique. Follavoine, lui, est occupé et soucieux. L'irruption de sa femme le dérange. Il tente de le lui dire. À partir de « la scène des Hébrides » (l. 114 à 215), le couple discute sur un sujet précis. Il faudra changer de ton… Puis, reprenez un ton plus agressif lorsque le couple se dispute à nouveau pour faire savoir lequel des deux prend le dessus sur l'autre.

Scène 2 (suite)

« Remonte donc tes bas, va ! tu ferais mieux ! »

FOLLAVOINE. – Mais oui, là !... Il est près de onze heures et tu es encore à traîner en souillon...

JULIE, *tout en rajustant instinctivement son peignoir.* – Oui, oh ! change la conversation, va !... change !

FOLLAVOINE. – ... avec ton peignoir sale, tes bigoudis et tes bas qui traînent sur tes talons !

JULIE, *relevant ses bas avec brusquerie.* – Eh bien ! sur lesquels veux-tu qu'ils traînent ? Sur les tiens ?

FOLLAVOINE. – Mais sur aucun talon du tout !

JULIE. – Là ! voilà, ils sont relevés !

FOLLAVOINE. – Oui ! oh ! si tu crois que ça va les empêcher de retomber, ce que tu fais. Enfin, tu ne peux pas les attacher ?

JULIE. – Avec quoi ? J'ai pas de jarretelles.

FOLLAVOINE. – Ah bien ! mets-en !

JULIE. – À quoi veux-tu que je les accroche ? J'ai pas de corset.

FOLLAVOINE, *tout en gagnant la droite près du fauteuil devant la table.* – Eh bien ! mets un corset que diable !

JULIE. – Ah ! puis zut ! Dis tout de suite que tu veux que je me mette en robe de bal pour faire mon cabinet de toilette !

(Tout en parlant, elle a ramassé son seau dans l'anse duquel elle a enfilé son bras droit, et remonte vers sa chambre.)

FOLLAVOINE. – Mais, nom d'une brique ! qui est-ce qui te demande de le faire, ton cabinet de toilette ? On dirait que tu n'as pas de domestique ! Tu as une femme de chambre, sacrebleu !

Pierre Richard (Follavoine) et Muriel Robin (Julie).
Mise en scène de Bernard Murat, costumes de Dominique Borg.
Théâtre Édouard VII, 1994.

JULIE, *qui déjà était sur le pas de la porte, se retournant, comme piquée au vif par la réflexion de son mari, descendant jusqu'à lui à pas de fauve, et après s'être débarrassée de son seau de toilette en le déposant devant les pieds de Follavoine. – les bras croisés, sous son nez.* – Faire faire mon cabinet de toilette par ma femme de chambre !

FOLLAVOINE, *pour se dérober à une nouvelle discussion, passant devant sa femme et gagnant la gauche.* – Oh !...

JULIE, *ne lâchant pas prise et emboîtant le pas parallèlement au-dessus de lui.* – Ah bien ! merci ! pour que tout soit cassé, ébréché ! Non, non ! Je fais ça moi-même.

(Elle lâche son mari, et gagnant l'extrême droite, va s'asseoir sur le fauteuil devant la table.)

FOLLAVOINE. – Alors, ce n'est pas la peine d'avoir une bonne, si elle ne te sert à rien.

JULIE, *tout en étendant sa jambe droite à moitié nue sur son seau comme un tabouret.* – Je te demande pardon, elle me sert : elle est là !

FOLLAVOINE. – Ouais ! Et qu'est-ce qu'elle fiche, pendant que tu fais son ouvrage ?

JULIE, *un peu interloquée.* – Eh ben ! elle… elle me regarde.

FOLLAVOINE. – C'est ça ! voilà : elle te regarde ! Je paye une fille quatre cents francs par mois pour qu'elle te regarde !

JULIE. – Oh ! je t'en prie ! ne parle donc pas tout le temps de ce que tu payes ! C'est d'un parvenu !

FOLLAVOINE. – D'un parvenu tant que tu voudras ! je trouve que du moment que je paye une femme quatre cents francs par mois !…

JULIE, *se relevant, sans même prendre la peine de retirer sa jambe étendue sur son seau, mais simplement la laissant glisser en avant du seau à terre, ce par quoi elle se remet sur pied, et gagnant jusqu'à Follavoine.* – Non, mais dis donc ! Je ne te demande pas de gages, moi, n'est-ce-pas ? Eh bien ! dès l'instant que ça ne te revient pas plus cher, qu'est-ce que ça te fait que ce soit elle ou moi qui fasse l'ouvrage ?

FOLLAVOINE. – Cela me fait… cela me fait… que j'ai une bonne pour qu'elle fasse le service de ma femme ; et non une femme pour qu'elle fasse le service de ma bonne !… ou alors, si c'est ça, je supprime la bonne.

JULIE, *avec de grands gestes indignés.* – Voilà ! voilà ! nous devions en arriver là ! il me marchande une domestique !

(Elle gagne l'extrême droite.)

FOLLAVOINE, *même jeu, gagnant l'extrême gauche.* – Là ! Là ! Je lui marchande une domestique, maintenant !

JULIE, *se retournant vers lui.* – Mais absolument.

FOLLAVOINE, *à bout d'arguments.* – Ah ! tiens, remonte donc tes bas, va ! tu ferais mieux !

JULIE, *relevant ses bas avec brusquerie.* – Oui, oh !... *(Reprenant.)* Tout ça parce que je préfère faire mon cabinet de toilette moi-même ! *(Remontant, tout en parlant, par l'extrême droite, jusqu'au-dessus de la table de travail.)* Ah ! tu es bien le premier mari qui reproche à sa femme de s'occuper de son ménage.

FOLLAVOINE. – Pardon ! pardon, entre s'occuper de son ménage et...

JULIE, *nerveuse, rangeant machinalement les papiers sur la table de son mari.* – Tu aimerais mieux, n'est-ce pas, que je fasse comme toutes ces dames que je vois ?... Que je ne pense qu'à m'attifer, qu'à créer de la dépense ?...

FOLLAVOINE, *apercevant le jeu de scène de Julie et tremblant pour ses papiers.* – Oh ! là !... Oh ! là !

(Il se précipite pour les défendre.)

JULIE, *de même.* – Toujours dehors : au Bois, aux courses, dans les grands magasins...

FOLLAVOINE, *défendant ses papiers comme il peut.* – Non, je t'en prie !... je t'en prie !...

JULIE, *continuant, sans se démonter.* – ... Au skating le matin ; au skating l'après-midi !

FOLLAVOINE, *de même.* – Je t'en prie, veux-tu... ?

JULIE, *de même.* – Quel joli but dans l'existence !

FOLLAVOINE, *de même.* – Non ! Ça ne va pas là ! laisse ! laisse !

(Il l'écarte vers la droite.)

JULIE. – Mais quoi ?

FOLLAVOINE, *tout en essayant de remettre ses papiers en place.* – Mais mes papiers, cré nom d'un chien ! Je ne t'ai pas demandé de ranger !

JULIE. – Je ne peux pas voir une table en désordre.

FOLLAVOINE. – Eh bien ! ne la regarde pas ! mais laisse-la tranquille.

JULIE, *redescendant par la droite.* – Eh ! je m'en fiche de la table.

(Elle ramasse en passant son seau de toilette.)

FOLLAVOINE. – Oui ! Eh bien ! prouve-le lui ! et va ranger chez toi ! *(Grommelé entre ses dents.)* Ce besoin de faire le ménage partout !

(Il s'est assis à sa table.)

JULIE, *qui a contourné la table de façon à arriver au coin gauche. Revenant à la charge.* – Oui, enfin ! voilà comment tu voudrais que je sois, hein !

FOLLAVOINE, *hors de ses gonds, presque crié.* – Quoi « que tu sois » ? que tu sois quoi ? Je ne sais pas de quoi tu me parles.

JULIE. – Comme ces femmes-là ?

FOLLAVOINE, *exaspéré et tout en rangeant ses papiers.* – Est-ce que je sais ? Je ne te demande que de ne pas fouiller dans mes papiers ; c'est pas beaucoup !

JULIE, *ne lâchant pas prise ; gagnant la gauche avec des dandinements et des gestes de menuet, ce qui imprime au seau qu'elle tient à la main un balancement d'encensoir plein de menace pour le tapis.* – … Une mondaine ? une madame Benoîton ? *(Changeant de ton.)* Désolée, mon cher ; mais je n'ai pas été élevée à ça.

FOLLAVOINE, *qui en a par-dessus la tête.* – Oui, bon ! Eh bien ! tant mieux !

JULIE, *revenant vers lui – coin gauche de la table – et déposant tout en parlant son seau sur des papiers à Follavoine juste au moment où celui-ci se dispose à les prendre.* – Tu sauras que ma famille… !

FOLLAVOINE, *empêché de retirer ses papiers par le poids du seau.* – Oh !… Allons, voyons !

JULIE, *tout en soulevant le seau de façon à libérer les papiers.* – … que ma famille…

FOLLAVOINE, *levant les yeux au ciel.* – Oh !

JULIE. – … quand il s'est agi de mon éducation, n'a eu qu'une chose en vue : c'est faire de moi une femme d'intérieur !… et une bonne ménagère !

FOLLAVOINE. – Écoute, je t'assure, c'est très intéressant, mais il est onze heures et…

JULIE, *lui coupant la parole.* – Ça m'est égal !… C'est ainsi qu'on m'a appris à faire tout par moi-même !… et à ne compter que sur moi ! parce qu'on ne sait jamais, dans la vie, si on aura toujours des gens pour vous servir.

(Elle gagne la gauche avec dignité.)

FOLLAVOINE, *hausse les épaules, lève les yeux au ciel, puis.* – Tes bas !

JULIE. – Ah ! Zut ! *(Sans prendre la peine de s'asseoir, elle relève vivement ses bas en se mettant successivement sur une jambe et sur l'autre, puis reprenant.)* – J'ai été dressée à ça toute petite ; si bien que c'est devenu chez moi comme une seconde nature. *(S'asseyant sur le fauteuil à droite de la table.)* Maintenant est-ce un bien ? Est-ce un mal ? *(S'accoudant sur le rebord de la table, la tête appuyée sur la main.)* Je ne peux dire qu'une chose : je tiens ça de ma mère.

FOLLAVOINE, *occupé à parcourir ses papiers et sans aucune intention.* – Ah !… ma belle-mère.

JULIE, *la tête à demi-tournée vers Follavoine et sur un ton pincé.* – Non !… « ma mère » !

FOLLAVOINE, *de même.* – Eh bien ! oui ; c'est la même chose.

JULIE, *sur le même ton.* – C'est possible ! mais « ma mère », c'est tendre, c'est affectueux, c'est poli ; tandis que « ma belle-mère », ça a quelque chose de sec, d'aigre-doux, de discourtois que rien ne justifie.

FOLLAVOINE, *de même.* – Oh ! moi, tu sais, je veux bien.

JULIE. – J'ai dit « ma mère » ; eh bien ! c'est « ma mère ». Inutile de me corriger pour me dire : « ma belle-mère ».

FOLLAVOINE. – Je t'assure que si j'ai dit « ma belle-mère », c'est que vis-à-vis de moi…

JULIE, *se dressant comme mue par un ressort, et dos au public, les mains crispées au rebord de la table, le corps penché en avant comme pour dévorer son mari.* – Quoi ? Elle n'a pas toujours été correcte ? Tu as quelque chose à lui reprocher ?

FOLLAVOINE, *le corps rejeté le plus en arrière possible au fond de son fauteuil, afin de se mettre hors de la portée de Julie. Avec véhémence.* – Mais non ! mais non ! Qu'est-ce que tu vas chercher ? Seulement, ça n'empêche pas, tout de même, que vis-à-vis de moi, ta mère…

JULIE, *qui a gagné le milieu de la scène, se retournant, et hautaine et tranchante.* – Ah ! Et puis, je t'en prie, hein ? En voilà assez avec ma mère !

FOLLAVOINE, *ahuri.* – Quoi ?

JULIE. – C'est vrai ça ! Cette façon de tomber toujours sur cette malheureuse !… de la cribler de lardons à tout propos… !

FOLLAVOINE. – Moi !

JULIE. – Tout ça, parce que j'ai eu le malheur d'apporter mon seau de toilette dans ton cabinet de travail !

FOLLAVOINE. – Ah ! non, celle-là, par exemple... !

JULIE, *glissant son bras dans l'anse du seau qui est toujours sur la table de son mari.* – Mais on va l'enlever, mon seau ! Voilà, je l'enlève ! il n'y a pas de quoi faire une histoire ! Je l'enlève !

FOLLAVOINE, *ronchonnant, tout en affectant de se plonger dans ses papiers.* – Eh ben !... C'est pas un mal.

JULIE, *bougonnant, tout en remontant vers la porte de sa chambre.* – Non ! faire une sortie pareille pour un misérable seau de toilette, vraiment, on aurait commis un crime !... *(Arrivée sur le seuil de la porte, elle s'arrête. Une réflexion a traversé son cerveau, elle fait volte-face, redescend jusqu'à la table, pose son seau dessus et à la même place que précédemment, puis)* : Seulement, tu sais ! une autre fois, quand tu auras un reproche à me faire...

FOLLAVOINE, *l'interrompant.* – Non, pardon !... pardon !...

JULIE, *interloquée.* – Quoi ?

FOLLAVOINE. – Voilà le seau revenu !

JULIE, *entre les dents.* – Idiot ! *(Reprenant.)*...Quand tu auras un reproche à me faire, tu voudras bien me dire les choses en face !... et ne pas t'en prendre à maman !

(Elle descend légèrement en scène, laissant le seau sur la table.)

FOLLAVOINE, *hors de ses gonds, gagnant vers Julie.* – Mais, nom d'un petit bonhomme ! qu'est-ce que j'ai dit, sacrebleu ?

JULIE. – Oh ! rien, rien. C'est entendu ! Il ne te manque plus que de faire l'hypocrite !

FOLLAVOINE, *excédé et impuissant à lutter.* – Oh !

(Il remonte fond gauche.)

JULIE, *gagnant au-dessus de la table sur laquelle, machinalement, elle recommence son rangement, tout en parlant.* – Comme si je ne comprenais pas toujours très bien ce que tu veux dire… quand tu ne dis rien !

FOLLAVOINE, *se retournant.* – Non ! ça, c'est un comble ! Comment ! Je dis… *(Se précipitant en voyant sa femme farfouiller dans ses papiers.)* Ah ! non, non ! laisse mes papiers tranquilles à la fin des fins !… *(Il s'est substitué à Julie qu'il a fait passer à gauche de la table.)* Qu'est-ce que c'est que cette manie que tu as ?…

JULIE, *sur un ton péremptoire.* – J'aime l'ordre.

FOLLAVOINE, *haussant les épaules.* – Ah ! « tu aimes l'ordre ! tu aimes l'ordre » ! *(Lui montrant le seau sur la table et le lui tendant.)* Regarde ça !

JULIE, *prenant le seau.* – Eh ben ! Quoi ?

FOLLAVOINE, *ronchonnant.* – « Tu aimes l'ordre » ! Tu ne ferais pas mal d'aller en mettre un peu dans ta toilette ! *(Se levant.)* Je t'en supplie ! tu avais eu un bon mouvement tout à l'heure ; tu étais presque partie avec ton seau ; il a fallu que tu me le rapportes…

Repérer et analyser

La progression du dialogue et les relations du couple

1 Au début du passage, quelle nouvelle critique Follavoine adresse-t-il à sa femme ?

2 Faites la liste des différents sujets de dispute de la ligne 22 à la fin de l'extrait.

3 Quel est le motif de dispute qui revient au début et à la fin de l'extrait ?

4 Quel est le personnage qui, dans le couple, relance sans cesse la dispute ? Donnez des exemples. Quel est celui qui renonce à avoir raison ?

Les personnages : des types

5 Quel type de mari Feydeau met-il en scène par l'intermédiaire du personnage de Follavoine ? A-t-il du caractère ? Est-il faible ? Montrez en citant des exemples qu'il oscille entre la résignation et la révolte.

6 Relisez les lignes 80 à 94.

a. À quel type de femme Julie fait-elle allusion ? Qu'est-ce qu'une mondaine ?

b. Dans quelle catégorie de femmes Julie se range-t-elle (voir aussi l. 137-139) ?

Le personnage de Julie : caricature et comique de contraste

Une caricature est un portrait qui souligne en les grossissant les défauts d'une personne ou d'un personnage. La caricature peut s'exprimer aussi par le dessin.

7 Relevez dans la didascalie du début de la scène 2 (p. 17) les détails concernant les vêtements de Julie qui sont repris dans les répliques de Follavoine (l. 17). Quelle image donne-t-il de sa femme ? En quoi cette image s'apparente-t-elle à une caricature ?

8 À la fin du passage, Julie se met dans l'idée de ranger le bureau de son mari (l. 217 à 236) : « J'aime l'ordre. » En quoi cette déclaration crée-t-elle un effet comique ?

Le comique de mouvements

La parade gestuelle

> L'agitation des personnages sur scène est une des caractéristiques du vaudeville.

9 Montrez que l'affrontement des personnages est scénique. Pour répondre :

a. Dites à quel animal Julie est assimilée dans la didascalie des lignes 26 à 30.

b. Relevez dans la suite de la scène les didascalies qui montrent que les déplacements et le comportement de Julie s'apparentent à celui d'un chasseur qui traque sa proie.

c. Relevez parallèlement les didascalies qui marquent la fuite de Follavoine.

d. Relevez la didascalie qui met fin à cette poursuite. Quel personnage capitule à la fin de la discussion ? Citez le texte.

Les mouvements symétriques

> Les mouvements peuvent être répétés plusieurs fois de suite par le même personnage avec l'obstination mécanique d'un pantin à ressort (comique de répétition). Il peut s'y ajouter un effet de symétrie.

10 Relisez les didascalies des lignes 171 à 179.

a. Montrez que les personnages effectuent des mouvements symétriques.

b. Relevez la comparaison qui souligne l'automatisme des gestes de Julie (reportez-vous également à la didascalie des lignes 217-218).

11 Quel est l'élément du décor qui empêche l'agression physique d'avoir lieu ? Quel déplacement de Julie montre que l'agression est terminée ?

Les fausses sorties

Dans le théâtre classique, c'est le nombre de sorties et d'entrées des personnages qui confère à l'œuvre sa rapidité et sa vivacité. Dans *On purge Bébé !*, les personnages évoluent dans un espace clos ; pourtant, un rythme est donné par l'agitation et le déplacement incessants des personnages, caractéristique essentielle du vaudeville.

12 Repérez le nombre de fois où Julie semble quitter la scène, puis revient. Quel effet de tension ou de détente en résulte chez Follavoine ?

13 Quels termes spécifiques au théâtre indiquent aux acteurs les déplacements des personnages sur la scène ?

Le comique de mots

Les formulations comiques

14 Lisez les répliques des lignes 44 à 48.

a. Identifiez le niveau de langage de Follavoine (voir p. 16). Quel est l'effet produit ?

b. En quoi la réplique de Julie « elle me regarde » (l. 46) puis celle de Follavoine suscitent-elles le rire ?

15 « J'ai une bonne pour qu'elle fasse le service de ma femme ; et non une femme pour qu'elle fasse le service de ma bonne ! » (l. 61-63) : d'où vient le comique de cette réplique ?

Dénotation, connotation

La dénotation correspond au sens objectif d'un mot tandis que les connotations renvoient à toutes les images ou représentations qui sont attachées à ce mot. Exemple : « soleil ». Dénotation : *astre* ; connotation : *été, vacances*...

16 **a.** Sur quels mots les deux époux s'opposent-ils (l. 158-160) ?

b. Y a-t-il une différence de sens entre ces deux mots ? Quelles connotations Julie y met-elle ?

Le langage allusif

Le langage allusif joue sur l'implicite (le non-dit) et peut créer un effet comique dans certaines situations de vaudeville où les personnages sont dans l'embarras.

17 **a.** Que laisse sous-entendre Follavoine quant aux relations qu'il entretient avec sa belle-mère (l. 173 à 214)? Pour quelle raison ne s'exprime-t-il pas ouvertement?
b. « Comme si je ne comprenais pas toujours très bien ce que tu veux dire… quand tu ne dis rien! » (l. 219-220): en quoi cette réplique est-elle à la fois amusante et paradoxale?
c. Le spectateur devine-t-il ce que Follavoine pense de sa belle-mère?

Le comique des objets: la présence du seau

18 En quoi les manipulations répétées du seau impriment-elles un rythme à la scène? Pour répondre:
a. Repérez les passages où il est question du seau. À quels différents endroits de la scène Julie le pose-t-elle?
b. Dites combien de fois Follavoine demande à sa femme de se débarrasser de son seau.

19 À quel moment Julie se sert-elle de son seau comme d'un tabouret? Citez la didascalie. Quelle partie du corps de Julie est-elle ainsi dévoilée?

20 Quel geste (didascalie des lignes 26 à 30) indique que Julie déclare la guerre à son mari?

21 Quel personnage Julie imite-t-elle « avec des dandinements et des gestes de menuet » (l. 120 à 123)? Quelle conséquence ce geste peut-il avoir? Est-ce la première fois que le spectateur redoute que le seau ne se renverse? Quel est l'effet produit?

Les attentes du spectateur

22 **a.** Quelles questions le spectateur se pose-t-il à la fin de ce passage?
b. Connaît-il les raisons de la venue de Julie dans le bureau de son mari?
c. Quelle idée a-t-il du couple Follavoine?

Scène 2 (fin)

« Eh bien ! va purger Bébé ! »

JULIE, *lui coupant la parole et sur un ton péremptoire.* – J'ai à te parler.

FOLLAVOINE, *la poussant doucement dans la direction de sa chambre.* – Oui, eh bien ! plus tard !

JULIE. – Non, pas plus tard. Tu penses bien que si tout à l'heure, je t'ai fait demander…

FOLLAVOINE, *près du canapé, ainsi que Julie.* – Je t'en prie, il est onze heures ; tu n'as pas encore commencé à t'habiller ; nous avons les Chouilloux à déjeuner…

JULIE. – « Les Chouilloux ! les Chouilloux ! » Je m'en fiche, moi, des Chouilloux.

FOLLAVOINE. – Oui, mais pas moi ! Chouilloux est un homme que j'ai le plus grand intérêt à ménager…

JULIE. – Possible, désolée ! mais il attendra. Il s'agit de Bébé, et, entre Bébé et Chouilloux, je crois qu'il n'y a pas à hésiter !

FOLLAVOINE, *hors de ses gonds.* – Oh ! Mais quoi ? Quoi, « Bébé » ?

JULIE, *passant devant lui et gagnant la droite.* – Ou alors dis que tu préfères Chouilloux !

(Elle s'assied sur le fauteuil devant la table, avec le seau sur ses genoux.)

FOLLAVOINE, *presque crié.* – Mais non, mais non ! ça n'a rien à voir ! Je ne mets pas Bébé et Chouilloux en parallèle ; ça n'empêche pas que, quand on reçoit un étranger d'importance, on se met en frais pour lui ; ça n'implique pas qu'on le préfère à sa famille ! Chouilloux doit venir un peu avant le déjeuner pour conférer avec moi d'une grosse affaire que j'ai en vue…

JULIE. – Eh bien! conférez! Qu'est-ce que ça me fait?

FOLLAVOINE. – Mais il va arriver d'un instant à l'autre! Tu ne peux pourtant pas le recevoir avec ton peignoir sale, tes bigoudis, ton seau de toilette sur les genoux et tes bas qui tombent sur les talons!

JULIE, *déposant son seau avec humeur devant elle.* – Oh! que tu m'embêtes avec mes bas! *(Debout, un pied sur son seau, se baissant déjà pour relever ses bas.)* Alors, quoi? Ton Chouilloux, il ne sait pas ce que c'est que des bas qui ne sont pas attachés? Non? Madame Chouilloux, quand elle se lève, elle est en grande toilette?

FOLLAVOINE, *pendant que sa femme, nerveusement, relève ses bas.* – Je ne sais pas comment est madame Chouilloux quand elle se lève, mais je dis que ta tenue n'est pas une tenue pour recevoir des gens que l'on a pour la première fois à déjeuner.

(Il remonte au fond.)

JULIE, *tout en farfouillant sur la table de Follavoine pour trouver un objet qu'elle cherche.* – Eh bien! tu es en redingote; ça fait compensation.

FOLLAVOINE, *se retournant à cette observation.* – Moi, je suis correct! *(Voyant le jeu de scène de sa femme.)* Qu'est-ce tu cherches? Qu'est-ce tu cherches?

JULIE, *prenant dans une boîte des rondelles de caoutchouc.* – Tes élastiques.

FOLLAVOINE, *au-dessus de la table.* – Quoi? quoi? Pourquoi?

JULIE, *reposant la boîte sur la table et se rasseyant sur son fauteuil.* – Comme ça, tu me ficheras la paix avec mes bas!...

(Elle se passe un élastique à chaque jambe.)

FOLLAVOINE. – Mais c'est des caoutchoucs pour mes dossiers! ce n'est pas des jarretières!

JULIE, *tout en achevant de passer ses élastiques, chacun des « des » très appuyé.* – Ce n'est pas des jarretières, parce qu'on n'en fait pas des jarretières ; mais puisque j'en fais des jarretières, ça devient des jarretières.

FOLLAVOINE, *gagnant la gauche avec découragement.* – Ah ! non ! ce désordre !...

JULIE, *haussant les épaules.* – « Tu es correct ! » Si ce n'est pas grotesque : à onze heures du matin, se mettre en redingote !... pour monsieur Chouilloux !... ce cocu !...

FOLLAVOINE, *regarde sa femme, étonné, puis.* – Quoi, « ce cocu » ?... Qu'est-ce que ça signifie : « ce cocu » ? Qu'est-ce que tu en sais ?

JULIE, *heureuse de mettre son mari dans son tort.* – Ah !... c'est toi qui me l'as dit.

FOLLAVOINE. – Moi !

JULIE. – Je ne l'ai pas inventé, n'est-ce pas ? Je ne connais pas Chouilloux. Ce n'est pas un de mes amis ; je n'ai donc pas de raison d'en dire du mal.

(Elle passe devant Follavoine et gagne la gauche.)

FOLLAVOINE, *adossé au coin de sa table.* – Chouilloux, cocu ! Si on peut dire !

JULIE, *redescendant vers lui.* – Faut croire qu'on peut, puisque tu me l'as dit.

FOLLAVOINE. – Je te l'ai dit, je te l'ai dit... quand je n'avais pas besoin de lui ! mais maintenant que j'ai besoin de lui...

JULIE, *du tac au tac et nez à nez avec Follavoine.* – Quoi ? Il n'est plus cocu ?

FOLLAVOINE. – Non !... Si !... Enfin, nous n'avons pas à le savoir !... Ce n'est pas comme tel que nous le recevons.

(Il gagne l'extrême droite.)

JULIE. – En vérité !

FOLLAVOINE, *remontant par l'extrême droite jusqu'au-dessus de sa table.* – C'est un homme qui, actuellement, peut m'être très utile…

JULIE. – En quoi ?

FOLLAVOINE. – Pour une grosse affaire que je mijote ; ce serait trop long à t'expliquer.

JULIE, *gagnant la droite.* – Oui. Oh ! je sais, tu as des idées larges, quand ton intérêt est en jeu !

FOLLAVOINE. – Enfin, quoi ? Ça te gêne qu'il soit cocu ?

JULIE. – Ah ! là, là, non ! Il peut bien l'être dix fois plus ! Mais ce qui me gêne c'est que tu m'amènes sa femme à déjeuner ; ça oui !

FOLLAVOINE, *côté gauche de la table.* – Je ne pouvais pas inviter monsieur sans madame ; ça ne se fait pas.

JULIE. – Oui ? Et son amant, monsieur Horace Truchet ? Tu étais obligé d'inviter son amant !

FOLLAVOINE. – Mais évidemment ! c'est l'usage, ma chère amie ! On les invite partout comme ça. C'est-à-dire que si je n'avais pas convié monsieur Truchet, c'eût été un manque de tact ! Chouilloux aurait pu même se demander ce que cela voulait dire ! Enfin, quoi ? Ça ne se fait pas !

JULIE, *adossée à la table, les bras croisés.* – C'est admirable ! Ce qui fait que nous les avons tous les trois ! l'adultère au complet ! Ah ! c'est moral ! *(Ramassant son seau et gagnant la gauche.)* Joli contact pour ta femme ! et bel exemple pour Toto !

FOLLAVOINE, *descendant en scène.* – Oh ! Toto… il a sept ans !…

JULIE. – Il ne les aura pas toujours.

FOLLAVOINE. – Bien oui, mais, en attendant, il les a.

JULIE. – Oh ! Évidemment ! évidemment ! Sa santé morale, c'est comme sa santé physique : tu t'en soucies comme de l'an quarante !

FOLLAVOINE, *les bras au ciel tout en remontant au-dessus de sa table.* – Là ! Là ! Qu'est-ce que ça veut dire ? Qu'est-ce que ça signifie encore ça ?

JULIE, *déposant vivement son seau au milieu de la scène et remontant aussitôt rejoindre son mari qui s'est assis à sa table.* – Mais… mais il n'y a qu'à voir : voilà une heure que j'essaye de te parler de Bébé ; de t'entretenir de sa santé ; et qu'il n'y a pas moyen de placer un mot ! Chaque fois que j'ouvre la bouche, que je dis : « Bébé », tu me réponds : « Chouilloux » ; il n'y en a que pour Chouilloux ! « Chouilloux, Chouilloux », et toujours « Chouilloux » !

FOLLAVOINE, *à bout de patience.* – Mais enfin, quoi ? Qu'est-ce qu'il y a ? Qu'est-ce que tu as à me dire ?

JULIE, *péremptoire.* – J'ai à te parler.

FOLLAVOINE. – Eh bien ! parle !

JULIE. – Ah ?… c'est pas trop tôt !

(Elle descend et va s'asseoir sur son seau comme sur un tabouret.)

FOLLAVOINE, *bondissant sur son siège et donnant un grand coup de poing sur la table en voyant sa femme sur le seau de toilette.* – Ah ! non ! non !

JULIE, *ahurie.* – Quoi ?

FOLLAVOINE. – Tu ne peux pas te fourrer autre part que sur ton seau ? Tu trouves qu'un seau de toilette est fait pour s'asseoir ?

JULIE. – Ça n'a pas d'importance ! je suis très bien.

Michel Fau (Follavoine) et Claude Degliame (Julie).
Mise en scène de Jean-Michel Rabeux, décors et costumes de Pierre-André Weitz.
MC93 de Bobigny, 2004.

FOLLAVOINE. – Mais il ne s'agit pas de savoir si tu es très bien ! Un seau de toilette n'est pas un siège ; je te prie de te mettre sur une chaise.

JULIE, *le toisant, puis détournant la tête avec dédain, tout en se levant.* – Ah !… ce que tu es snob !

FOLLAVOINE. – Il n'y a pas de snobisme ; tu peux faire un faux mouvement, me flanquer ton seau par terre, je n'ai pas envie d'avoir tes eaux sales sur mon tapis.

JULIE. – Le beau malheur ! ça le lessiverait.

FOLLAVOINE. – Merci, trop aimable ! j'aime mieux autre chose. Enfin, quoi, « Bébé » ? Qu'est-ce qu'il y a, « Bébé » ?

JULIE, *avec une soumission dédaigneuse.* – Ah !... je peux ?

FOLLAVOINE, *les nerfs à fleur de peau.* – Ben oui, tu peux !

JULIE, *qui est allée chercher la chaise près du canapé, l'apportant près de la table à côté de son mari et s'asseyant.* – Eh bien ! voilà : je suis très ennuyée.

FOLLAVOINE. – Ah !

JULIE. – Je ne suis pas contente de Toto.

FOLLAVOINE. – Oui !... Qu'est-ce qu'il a fait ?

JULIE. – Il n'a pas été ce matin.

FOLLAVOINE, *répétant comme un écho, sans comprendre.* – Il n'a pas été !

JULIE. – Non.

FOLLAVOINE. – Il n'a pas été... où ça ?

JULIE, *tout de suite soupe au lait.* – Quoi ! « où ça » ? Nulle part ! « Il n'a pas été », un point, c'est tout. Il me semble que c'est clair.

FOLLAVOINE, *comprenant.* – Ah ! oui, au...

JULIE, *brutale.* – Eh bien ! oui !... *(Changeant de ton.)* Nous avons essayé... ! quatre reprises différentes ! Pas de résultat !... Une fois, oui ! Oh !... rien ! *(Tendant son petit doigt avec l'ongle du pouce contre l'avant-dernière phalange.)* Grand comme ça !...

FOLLAVOINE. – Ah !

JULIE, *levant les yeux au ciel.* – Et dur!

FOLLAVOINE, *hochant la tête.* – Oui!… c'est de la constipation.

JULIE, *navrée.* – C'est de la constipation.

FOLLAVOINE. – Oui!… Eh ben?… Qu'est-ce que tu veux que j'y fasse?

JULIE, *scandalisée.* – Comment, « ce que je veux »!

FOLLAVOINE. – Dame! Je ne peux pas aller pour lui.

JULIE, *se levant.* – Oh! c'est malin! c'est malin, ce que tu dis là. Évidemment, tu ne peux pas aller pour lui!

FOLLAVOINE. – Alors?…

JULIE. – Ça me ferait une belle jambe, que tu ailles pour lui! Mais ce n'est pas une raison parce qu'on ne peut pas aller pour les gens, pour les laisser crever. *(Descendant gauche.)* Vraiment, tu es d'une indifférence!

FOLLAVOINE, *se levant à son tour et rejoignant sa femme. Avec bonhomie.* – Enfin, tu ne veux pas pourtant que je me mette à pleurer parce que ce petit est un peu constipé.

JULIE. – Pourquoi donc pas? Il ne faut jamais plaisanter, avec la constipation!…

FOLLAVOINE, *incrédule.* – Oh!

JULIE, *avec importance.* – J'ai lu dans un livre qui s'appelle: *Les coulisses de l'histoire,* qu'un bâtard de Louis XV avait failli mourir à sept ans des suites d'une constipation opiniâtre.

FOLLAVOINE. – Eh bien! oui! mais elle était opiniâtre et il était bâtard, ce qui n'est le cas de Toto ni d'un côté ni de l'autre.

JULIE. – Oui, mais Toto a sept ans comme lui! et il est constipé comme lui!

FOLLAVOINE. – Eh bien! mon Dieu! il n'y a qu'à le purger.

JULIE, *avec un air de pitié pour Follavoine.* – Oh!… évidemment.

FOLLAVOINE. – Eh bien ! purge-le !

(Il gagne la droite.)

JULIE. – Merci ! ce n'est pas ton autorisation que je demande ! Seulement avec quoi le purger ? Il y a les purgations minérales… et les purgations végétales.

FOLLAVOINE, *qui est revenu près de sa femme.* – Donne-lui de l'huile de ricin ; il la prend facilement et ça lui réussit bien.

JULIE, *avec une horreur instinctive.* – Ah ! non ! non ! L'huile de ricin, non ! j'peux pas la supporter ! je la rends immédiatement.

FOLLAVOINE. – Mais… il ne s'agit pas de te la faire prendre à toi, c'est à ton fils.

JULIE. – Oui, mais c'est la même chose ! Rien que de la voir, rien que d'en parler… ! *(Elle a un haut-le-corps.)* Ah ! non !… D'ailleurs, je ne vois pas pourquoi tu fais toutes ces complications ! Nous avons de côté, dans le placard à pharmacie, une bouteille d'Hunyadi-Janos, je ne vois pas pourquoi on ne l'utiliserait pas, parce que tu préfères l'huile de ricin !

FOLLAVOINE, *ahuri.* – Moi !

JULIE, *sur un ton sans réplique.* – Il y a de l'Hunyadi-Janos, Bébé prendra de l'Hunyadi-Janos !

FOLLAVOINE, *gagnant l'extrême droite.* – Eh bien ! donne-lui de l'Hunyadi-Janos !… Seulement, je ne vois pas pourquoi tu es venue me consulter.

(Il remonte par l'extrême droite jusqu'à sa table.)

JULIE. – Pour savoir ce que j'avais à faire.

FOLLAVOINE. – Ah ? bon ! il n'y paraît pas !

(Il s'assied à sa table.)

JULIE. – C'est gai d'avoir à le purger, cet enfant ! Mais c'est toujours comme ça ! Chaque fois que je le confie à sa grand-mère…

FOLLAVOINE, *distrait, occupé qu'il est à jeter les yeux sur un papier.* – Quelle grand-mère ?

JULIE, *ton tranchant et sec.* – Eh bien !… sa grand-mère !… Il n'en a pas trente-six. Ta mère habite Düsseldorf, ça ne peut être que maman.

(Elle s'assied sur le canapé.)

FOLLAVOINE. – Ah ! oui ! oui !… ta mère.

JULIE. – Eh bien, oui, ma mère. *(L'imitant.)* « *Ta* mère ! *Ta* mère ! » Je le sais qu'elle est *ma* mère ! Cette façon de dire : « *Ta* mère ». Tu as toujours l'air de me la reprocher.

FOLLAVOINE, *ahuri.* – Moi !

JULIE, *revenant à son antienne.* – Non, mais c'est bien ça : toutes les fois qu'elle sort avec Bébé, ça ne manque pas ; elle le bourre de gâteaux, de bonbons… !

FOLLAVOINE, *tout en écrivant quelques notes.* – Oh bien !… toutes les grands-mères sont comme ça.

JULIE. – C'est possible ! mais elle a eu tort ! Surtout que je l'avais priée de n'en rien faire.

FOLLAVOINE. – Oh bien ! elle n'a pas cru, la pauvre femme…

JULIE, *se montant.* – « Elle n'a pas cru, elle n'a pas cru », c'est entendu ! mais elle a eu tort tout de même.

FOLLAVOINE, *indulgent.* – Oh ben… !

JULIE, *s'emballant.* – Mais si ! mais si ! il n'y a pas d'« oh ben » !… C'est curieux, ça, cette affectation que tu mets à donner toujours raison à maman !… à prendre son parti contre moi ! Je te dis qu'elle a eu tort : eh bien, elle a eu tort.

FOLLAVOINE, *pour avoir la paix.* – Bon !… bon !

JULIE. – Résultat : Bébé ne va pas et on est obligé de le purger.

FOLLAVOINE. – Eh bien ! oui, mon Dieu, c'est embêtant ; mais il n'en mourra pas.

JULIE, *à ce mot, se dresse, révoltée.* – Mais je l'espère bien qu'il n'en mourra pas ! Ah bien ! merci ! *(Fonçant sur son mari et le secouant.)* Mais c'est monstrueux, ce que tu dis là !... « Il n'en mourra pas » ! en parlant de ton fils ! Mais c'est ton enfant, tu sais ! Tu n'as pas l'air de t'en douter ; il est de toi !

FOLLAVOINE. – Mais je l'espère bien !

JULIE. – Je ne suis pas comme madame Chouilloux, moi ! Je ne fais pas faire ton ouvrage par mes petits cousins !

FOLLAVOINE. – Ah ! tiens, laisse-moi tranquille !

JULIE, *redescendant et gagnant la droite.* – Quand j'ai un enfant, moi, il est de mon mari !

FOLLAVOINE. – Mais qui est-ce qui te dit le contraire ?

JULIE, *s'asseyant sur le fauteuil devant la table.* – Ah ! c'est que c'est si peu d'un père, ta façon d'être ! Tiens, tu mériterais qu'il ne fût pas de toi, ton fils !

FOLLAVOINE, *haussant les épaules.* – Oh ! tu es bête !

JULIE. – Tu mériterais que ce fût un bâtard, lui aussi !... Et que je l'aie eu... *(Ne trouvant pas de nom à mettre en avant.)* avec Louis XV !

FOLLAVOINE, *riant sous cape.* – Avec Louis XV !

JULIE. – Oui, monsieur !

FOLLAVOINE. – Eh bien, n... de D... ça t'en ferait de la cave !

JULIE. – Oh ! je t'engage à rire, va ! je t'engage à rire !

FOLLAVOINE, *obsédé.* – Ah ! et puis écoute, hein ? en voilà assez, je crois ! l'incident est clos ! C'est décidé qu'on purge Bébé ; eh bien ! va purger Bébé !

JULIE, *la tête basse, le regard dans le vide et d'une voix navrée.* – Ah ! Ça va être un drame !

FOLLAVOINE, *se levant.* – Eh bien ! ça sera un drame ; tant pis ! Je t'en prie, maintenant, laisse-moi ! j'ai à me recueillir avant l'arrivée de Chouilloux, pour savoir comment disposer mes batteries. Va ! va !... va t'habiller !

(Il remonte vers la bibliothèque qui est au-dessus de lui.)

JULIE, *se levant avec effort et remontant vers sa chambre, tout en marmonnant, d'une voix désolée, des phrases entrecoupées.* – Ah ! ce pauvre petit !... quand je pense qu'il va falloir le purger... j'en suis malade d'avance...

FOLLAVOINE, *qui, déjà, a ouvert le battant droit de la bibliothèque, en se retournant, apercevant le seau abandonné par Julie au milieu de la scène. Appelant.* – Julie ! Julie !

JULIE, *de la même voix dolente.* – Quoi ?

FOLLAVOINE, *indiquant le seau.* – Je t'en prie ; ton seau !... Je t'assure, je l'ai assez vu !

JULIE, *furieuse, tout en redescendant chercher son seau.* – Eh ! quoi, « mon seau, mon seau » ! toujours « mon seau » !... « Chouilloux, mon seau !... mon seau, Chouilloux ! » on n'entend que ça !

FOLLAVOINE. – Mais, sacristi ! un cabinet de travail n'est pas un endroit pour promener des seaux de toilette !

(Tout en parlant, il a tiré de sa bibliothèque un vase de nuit qu'il exhibe juste sur ces derniers mots.)

JULIE, *se calmant aussitôt et sur un ton gouailleur.* – Ah bien ! non tu sais, tu as du culot ! Tu me fais une scène pour mon seau et tu te ballades avec un pot de chambre !

FOLLAVOINE, *sur un ton vexé.* – Un pot de chambre !

JULIE. – Dame, à moins que ce ne soit une coiffure que tu lances.

FOLLAVOINE. – Un pot de chambre ! Tu oses comparer ton seau de toilette… à ça ! Mais ton seau de toilette, ça n'est que… ton seau de toilette ! c'est-à-dire un objet vil, bas, qu'on n'étale pas, qu'on dissimule !… *(Avec l'admiration qu'on aurait pour un objet d'art, tendant son vase en lui faisant comme un socle de l'extrémité de ses cinq doigts.)* Tandis que ça, c'est…

JULIE, *lui coupant la parole et tout en redescendant vers la droite.* – « C'est, c'est »… un pot de chambre ! c'est-à-dire un objet vil, bas, qu'on n'étale pas, qu'on dissimule.

FOLLAVOINE, *descendant près de sa femme et avec lyrisme.* – Oui, pour toi, pour n'importe qui, pour les profanes ; mais pour moi c'est quelque chose de plus noble, de plus grand, que je ne rougis pas d'introduire ici ! C'est le produit de mon travail ! un échantillon de mon industrie ! ma marchandise ! mon… gagne-pain !

JULIE, *avec une petite révérence gouailleuse.* – Ah bien ! mange, mon ami ! mange !

(Elle gagne la droite.)

FOLLAVOINE, *allant déposer son vase sur le petit guéridon à gauche du canapé.* – Oui ! Blague ! Blague ! Tu ne blagueras pas toujours ! Quand nous nous en ferons trois cent mille livres de rente… !

JULIE, *adossée contre la table de droite et tout en faisant passer son seau de son bras droit fatigué à son bras gauche.* – Trois cent mille livres de rente de pots de chambre ?

FOLLAVOINE, *allant rejoindre sa femme.* – De pots de chambre, parfaitement ! ça t'étonne et pourtant, si Dieu le veut… et Chouilloux ! ça se fera !

JULIE. – Quoi ? Quoi ? Qu'est-ce que c'est que cette histoire ?

FOLLAVOINE. – Il n'y a pas d'histoire ! Je ne t'en parlais pas, pour te réserver la surprise si je réussissais ; mais puisque c'est comme ça… ! Alors tu ne sais pas… tu ne sais pas qu'aujourd'hui le gouvernement n'a plus qu'un objectif : améliorer le sort du soldat ! On le soigne, on le dorlote, on le met dans du coton ; dernièrement on a été jusqu'à lui coller des pantoufles !

JULIE – Des pantoufles au soldat !

FOLLAVOINE. – Comme je te le dis.

JULIE. – C'est martial.

FOLLAVOINE. – Et naturellement on ne veut pas en rester là. C'est comme cela que maintenant on vient de décider, afin que les hommes ne soient plus exposés à attraper froid en descendant la nuit par le vent, par la pluie, que désormais chaque soldat de l'armée française aurait son vase de nuit !

JULIE, *ébahie.* – Non !

FOLLAVOINE. – Personnel et à son matricule.

JULIE, *bouche bée.* – Ah !… ce que ça en fera !

FOLLAVOINE. – Conséquence : prochainement, adjudication de cette nouvelle… fourniture militaire ; et moi, comme fabricant de porcelaine, j'ai décidé de soumissionner. Et c'est ici que Chouilloux apparaît comme le *Deus ex machina* !…

JULIE. – Qu'ça veut dire ?

FOLLAVOINE, *interloqué.* – Quoi ?

JULIE. – Chose, là !… « ta quina » ?

FOLLAVOINE, *avec un sourire indulgent.* – Quoi ? « *ta*china » ? *(Corrigeant.)* « *ma*china » !

JULIE, *brusque.* – Eh bien ! c'est ce que je dis : ta quina ! Je te demande ce que ça signifie ?

FOLLAVOINE. – Ce que ça… !

JULIE. – Oui !…

FOLLAVOINE. – Eh ben ! euh… !

JULIE. – Eh bien ! va !

FOLLAVOINE. – Ah ! c'est pas facile à dire.

JULIE. – Pourquoi ? c'est cochon ?

FOLLAVOINE, *riant*. – Mais non, c'est pas cochon ! *Deus ex machina*, c'est… c'est une expression comme ça ! Les Grecs… les Grecs employaient cette locution pour désigner un gros bonhomme !… un gros manitou.

JULIE, *résumant*. – Un obèse !

FOLLAVOINE. – Mais non, un homme de grosse influence.

JULIE. – Ah ! un… C'est au figuré !

FOLLAVOINE – C'est au figuré. Eh bien ! Chouilloux, c'est ça ! Chouilloux, c'est le président de la commission d'examen, chargée par l'État d'adopter le modèle qui sera imposé comme type à l'adjudicataire. Comprends-tu maintenant l'intérêt qu'il y a à se le ménager ? J'ai le brevet de la porcelaine incassable, n'est-ce pas ? Que par l'influence de Chouilloux la commission adopte la porcelaine incassable ; ça y est ! l'affaire est dans le sac et ma fortune est faite !

JULIE, *reste un instant songeuse, hochant la tête, puis*. – Oui !… et ça te mènera à quoi, ça ?

FOLLAVOINE, *avec emballement*. – À quoi ? Mais si je réussis, c'est le pactole ! Je deviens du jour au lendemain le fournisseur exclusif de l'armée française.

JULIE. – Le fournisseur des pots de chambre de l'armée française ?

FOLLAVOINE, *avec orgueil*. – De tous les pots de chambre de l'armée française !

JULIE, *fronçant le sourcil*. – Et… on le saura ?

FOLLAVOINE, *de même*. – Mais naturellement qu'on le saura !

JULIE. – Oh ! non… Oh ! non, non, non, non, non, non !… je ne veux pas être la femme d'un monsieur qui vend des pots de chambre.

FOLLAVOINE. – Hein !… Mais en voilà des idées ! Mais songe que c'est la fortune !

JULIE. – Ça m'est égal ! c'est dégoûtant !

(Elle gagne l'extrême droite.)

FOLLAVOINE. – Mais, nom d'un chien ! qu'est-ce que je fais donc d'autre, aujourd'hui ? J'en vends des vases de nuit ! j'en vends tous les jours !… pas sur ce pied-là ; mais j'en vends !

JULIE, *revenant devant la table.* – Oh ! « tu en vends, tu en vends »… comme tu vends d'autres choses ; tu es fabricant de porcelaine, c'est tout naturel que tu vendes les articles qui relèvent de ton industrie ; c'est normal, c'est bien ! mais te spécialiser ! devenir le monsieur qui vend exclusivement des pots de chambre ! Ah ! non, non ! même pour le compte de l'État, non !

FOLLAVOINE, *déconcerté et affolé.* – Mais tu es folle ! mais réfléchis !

JULIE, *adossée à la table et les bras croisés.* – Oh ! c'est tout réfléchi ! Tu es bien aimable ; mais je n'ai pas envie de marcher dans la vie auréolée d'un vase de nuit ! je n'ai pas envie d'entendre dire, chaque fois que j'entrerai dans un salon : « Qui est donc cette dame ? – C'est madame Follavoine, la femme du marchand de pots de chambre ! » Ah ! non ! non !

FOLLAVOINE, *de plus en plus affolé à la perspective de voir tout son échafaudage s'écrouler.* – Ah bien ! par exemple ! Ah bien ! si je m'attendais !… Oh ! mais je t'en prie ! Tu ne vas pas au moins aller dire ça à Chouilloux ! Ça serait du joli !

JULIE, *dédaigneuse.* – Oh ! je n'ai rien à dire à Chouilloux !

FOLLAVOINE. – Écoute ! Je verrai… Il y a peut-être moyen d'arranger les choses, de… de mettre un homme de paille, je ne sais pas ! mais ne me fais pas rater ça, je t'en supplie ! et, quand Chouilloux sera là, surtout sois aimable ! sois polie !

JULIE. – Non, mais, dis donc : je n'ai pas l'habitude d'être impolie ! J'ai l'usage du monde !

(Elle gagne vers lui.)

FOLLAVOINE. – Je n'en doute pas, je…

JULIE. – Mon père a reçu monsieur Thiers !

FOLLAVOINE. – Oui, oh !… tu n'étais pas née.

JULIE. – C'est possible, mais mon père l'a reçu tout de même ! alors, n'est-ce pas… ?

(Elle passe.)

FOLLAVOINE. – Oui ? bon ! Alors, ça va bien ! Là ! *(La poussant doucement vers la chambre.)* Va purger Bébé ! habille-toi, et débarrasse-moi de ton seau, hein ? veux-tu ?

JULIE, *se dirigeant, accompagnée de Follavoine, vers sa chambre.* – Mais quoi ? quoi, je l'ai, mon seau ! Je t'en prie, je n'ai pas besoin que tu me dises toujours ce que j'ai à faire.

(On sonne.)

FOLLAVOINE. – Tiens ! on sonne. Sûrement c'est Chouilloux. Je t'en supplie, dépêche-toi ! Si on l'introduisait… !

JULIE, *sur le pas de la porte.* – Eh bien ! quoi ? Il me verrait !

FOLLAVOINE, *la faisant sortir.* – Justement ! comme ça, j'aime autant pas ! *(Refermant la porte et redescendant par l'extrême gauche.)* Oh ! les femmes, les femmes ! Ce que ça vous complique la vie !… *(Au passage, il reprend son vase de nuit.)* Eh bien ! qu'est-ce qu'on attend pour introduire Chouilloux ? *(Allant à la porte du fond et par la porte entrouverte, risquant un œil, puis ouvrant complètement.)* Personne ?… *(Parlant à la cantonade.)* Ah çà !… Rose !… Rose !…

(Il descend sans refermer la porte et va à son bureau.)

Questions

Repérer et analyser

L'exposition (fin)

1 Qu'apprend le spectateur :
- sur la profession de Chouilloux ;
- sur la vie privée du couple Chouilloux (l. 67) ;
- sur l'âge de Bébé ;
- sur Horace Truchet ?

L'action

2 **a.** Quelle annonce Follavoine fait-il à sa femme concernant ses projets professionnels (l. 336 à 404) ?
b. Quel est le rôle de Chouilloux dans cette affaire ? Que deviendra Follavoine si le projet aboutit (l. 408-409) ?
c. Quelle est la réaction de Julie à ce projet ?
d. Quel événement vient perturber la conversation ? Qui va arriver ?
3 Quel est l'objet de la visite de Julie ? De quoi Toto souffre-t-il ? Quel nouvel aspect de la personnalité de Julie apparaît ?

La progression du dialogue et les relations du couple

4 **a.** Relevez des lignes 1 à 15 le signe de ponctuation qui montre que le couple s'interrompt mutuellement. Comment les acteurs doivent-ils jouer ces répliques ?
b. Quelles sont les communications respectives que chacun des époux doit faire à l'autre ? Lequel parvient le premier à prendre la parole ?
5 **a.** Montrez en citant le texte que Julie met Follavoine dans une situation embarrassante au début de la scène (l. 1 à 46).
b. À quels types de sentiments fait-elle appel ?
c. Comment Follavoine réagit-il ? Relevez les didascalies qui montrent sa colère.
d. Comment Follavoine met-il fin à cette situation embarrassante ? Que reproche-t-il une nouvelle fois à sa femme ? Que veut-il obtenir d'elle avant l'arrivée de Chouilloux ? Y parvient-il ?

6 Quels arguments Julie utilise-t-elle pour s'opposer au projet de son mari (l. 416 à 440) ?

Le comique

L'inspiration scabreuse

Le vaudeville emprunte à la farce les sujets scabreux (de nature à choquer la décence) ou grivois (thème de l'adultère notamment).

7 **a.** En quoi le « mal » dont souffre Bébé peut-il susciter le rire dans ce contexte ? Relevez dans cette perspective les mots et expressions se référant à la maladie et aux médicaments.
b. Quel geste Julie effectue-t-elle pour évoquer la constipation de Bébé (l. 176-178) ? Relevez la réplique qui montre l'insistance obscène du personnage.

8 Montrez qu'est abordé le thème de l'adultère. Relevez quelques répliques comiques sur ce thème.

Les effets de décalage

9 **a.** Quel argument historique Julie met-elle en avant pour convaincre son mari de la gravité de la constipation de son fils ? En quoi est-ce drôle ?
b. Comment Follavoine contre-t-il cet argument ? Citez le texte.

Les effets de symétrie et d'inversion

10 **a.** Relisez le passage dans lequel Julie fait allusion à sa mère (l. 238 à 266). Quel reproche Julie lui fait-elle ? Comment Follavoine réagit-il aux propos de sa femme ?
b. Comparez avec le passage de l'extrait précédent (même scène) où il avait été question de ce personnage (p. 35-36 ; l. 155 à 185).
c. En quoi la situation est-elle inversée ? Justifiez votre réponse. Quel est l'effet produit sur le spectateur ?

Le comique de mots

Les répétitions

11 **a.** Relevez le terme répété dans la réplique de Julie des lignes 59 à 61.

b. Pour quelle raison répète-t-elle ce mot ? Dans quel état d'esprit est-elle vis-à-vis de son mari ?
c. Quel est l'effet produit ? Vous montrerez que les indications de ton énoncées dans la didascalie qui précède accentuent cet effet.

12 **a.** Combien de fois le mot *cocu* et le verbe *dire* sont-ils répétés des lignes 64 à 84 ?
b. En quoi les sonorités des mots *Chouilloux/cocu* contribuent-elles au comique ?
c. En quoi Julie joue-t-elle sur les mots à partir de l'expression « si on peut dire » (l. 78 à 80) ?

L'ignorance et la méprise

Deus ex machina : expression latine signifiant « dieu descendu au moyen d'une machine ». Au théâtre, cette expression désigne un personnage ou un événement qui intervient à la fin de la pièce pour en assurer un dénouement heureux.

13 Relisez les lignes 375 à 397.
a. De quel personnage Follavoine fait-il un *deus ex machina* ?
b. Connaît-il bien le sens de cette expression ? Quelle définition en donne-t-il à Julie ?
c. Que comprend-elle ? Vous direz en quoi ces répliques sont comiques.

Le comique des objets

Le leitmotiv du seau

14 **a.** « Elle s'assied sur le fauteuil devant la table, avec le seau sur ses genoux » (l. 20-21). Quelle relation Julie entretient-elle avec son seau ? De qui prend-il la place ?
b. « Debout, un pied sur son seau, se baissant déjà pour relever ses bas » (l. 34-35). Quel geste Julie fait-elle ? Est-ce un geste habituel de sa part ? Justifiez votre réponse.
c. Lisez les lignes 136 à 148. Où Julie est-elle assise ? Quelle est la réaction de son mari ? Parvient-il à lui faire admettre son indécence ? Justifiez votre réponse.

Le motif des vases de nuit

Dans le vaudeville, il arrive que le destin d'un personnage soit déterminé par un objet qui rythme les différentes étapes de l'action, riche en possibilités comiques.

15 Relisez les lignes 323 à 341.
a. En quels termes Follavoine parle-t-il de son pot de chambre ? Relevez la didascalie de geste qui accompagne ses paroles.
b. En quoi ces termes s'opposent-ils à ceux utilisés par Julie ?
c. Relevez les pronoms (personnels et possessifs à la 1re personne du singulier) qui indiquent que le destin de Follavoine est lié à cet objet.

16 Expliquez la réplique de Julie « Ah bien ! mange, mon ami ! mange ! » (l. 342-343). En quoi peut-elle provoquer le rire du spectateur ?

17 À quelle clientèle Follavoine espère-t-il vendre en grand nombre ses pots de chambre ? Quelle est la qualité essentielle de son matériel ? En quoi l'ensemble est-il comique ?

Les attentes du spectateur

18 Quelle question le spectateur se pose-t-il sur le rôle de Bébé ? La réplique prononcée par Julie « Ah ! ça va être un drame ! » (l. 298) peut-elle laisser augurer de la suite de l'action ?

19 **a.** À quelle suite le spectateur peut-il s'attendre ?
b. Qui est derrière la porte à la fin de la scène ?

Étudier la langue

Le lexique

20 « Un gros bonhomme » (l. 392-393) : quel sens cette expression revêt-elle pour Julie ? Quel sens Follavoine lui donne-t-il ? Pour quelle raison Follavoine dit-il : « C'est au figuré » ? Pour répondre, recherchez ce que sont le sens propre et le sens figuré.

Scènes 3 et 4

« C'est bien cassé ! C'est curieux ! »

Scène 3

Les Mêmes, ROSE, *puis* JULIE

ROSE, *sur le pas de la porte.* – Monsieur ?

FOLLAVOINE, *debout à son bureau, son vase de nuit dans la main gauche.* – Qu'est-ce que c'était ? Qui est-ce qui a sonné ?

ROSE. – C'est une dame qui venait pour que Monsieur lui arrache une dent.

FOLLAVOINE. – Moi ! est-ce que c'est mon affaire ? Il fallait l'envoyer chez le dentiste.

ROSE. – C'est ce que j'ai fait. Elle est montée au-dessus.

FOLLAVOINE, *passant son vase de la main gauche dans la main droite.* – C'est insupportable ! C'est tout le temps la même chose !

ROSE, *qui dès cet instant a les yeux fixés sur le vase de nuit.* – Oh !… Est-ce que Monsieur sait ?

FOLLAVOINE. – Quoi ?

ROSE. – Qu'il a son vase de nuit à la main ?

FOLLAVOINE. – Oui, je sais ! je sais ! merci.

ROSE. – Ah ?… Je croyais que c'était une distraction !… pardon !

FOLLAVOINE. – D'ailleurs, ce n'est pas un vase de nuit ! c'est un article d'équipement militaire.

(Il pose le vase à sa droite, sur le tas de dossiers qui est à gauche de la table.)

Rose. – Ah ?… Eh bien ! c'est curieux comme ça ressemble à un vase de nuit !

Follavoine, *la congédiant.* – Oui ! ça va bien, ma fille !… Allez, allez ! *(Rose sort par le fond. – Follavoine s'assied à sa table et calcule.)* Voyons, étant donné que sur le pied de paix l'armée française compte à peu près trois cent mille hommes, à un vase de nuit par homme, si le vase de nuit revient…

Julie, *toujours dans la même tenue, passant brusquement la moitié du corps dans l'entrebâillement de la porte pan coupé.* – Bastien ! viens un peu !

Follavoine, *tout à son problème. Sèchement, sans lever la tête.* – Chut !… j'ai pas le temps !

Julie, *descendant en scène avec son seau dans la main droite.* – Je te dis de venir ! Bébé ne veut pas se purger.

Follavoine, *de même, relevant la tête.* – Eh bien ! force-le ! Tu as assez d'autorité !… *(Apercevant le seau au bras de sa femme.)* Ah !…

Julie. – Quoi ?

Follavoine, *se dressant et sur un ton indigné.* – Tu me rapportes encore ton seau !

Julie. – Je n'ai pas eu le temps d'aller le vider. Je t'en prie, viens ! je…

Follavoine, *éclatant.* – Ah ! non ! non ! je l'ai assez vu celui-là !… remporte-moi ça ! remporte-moi ça !

Julie. – Oui ! bon !… Je t'en prie ; il y a Bébé qui…

Follavoine. – Allez ! Allez ! remporte-moi ça !

Julie. – Mais je te répète…

Follavoine. – Je m'en fiche, remporte-moi ça !

Julie. – Mais je…

FOLLAVOINE. – Remporte-moi ça ! remporte-moi ça !

JULIE, *se rebiffant et descendant déposer son seau au milieu de la scène.* – Ah ! Et puis tu m'ennuies à la fin, avec mon seau !

FOLLAVOINE, *ahuri.* – Quoi ?

JULIE, *devant le canapé.* – « Remporte-moi ça ! Remporte-moi ça ! » Je ne suis pas ta domestique !

FOLLAVOINE, *n'en croyant pas ses oreilles.* – Qu'est-ce que tu dis ?

JULIE. – C'est vrai ça ! C'est toujours moi qui fais tout ici ! Il te gêne, mon seau ? Eh bien, tu n'as qu'à le remporter.

FOLLAVOINE. – Moi !

JULIE. – Je l'ai bien apporté, tu peux bien le rapporter à ton tour.

FOLLAVOINE, *descendant vers Julie.* – Mais, sacristi ! ce sont tes eaux sales, ce ne sont pas les miennes !

JULIE, *passant devant lui.* – Oui ?... Eh bien ! je te les donne ! Tu n'as donc plus de scrupules à avoir !

(Elle s'esquive en remontant par le milieu de la scène, vers sa chambre.)

FOLLAVOINE, *courant après sa femme et s'efforçant de la rattraper par le pan de son peignoir.* – Julie !... Julie ! tu n'es pas folle !

JULIE. – Je te les donne, je te dis ! Je te les donne !

(Elle disparaît dans sa chambre.)

FOLLAVOINE, *sur le pas de la porte, parlant par l'entrebâillement.* – Julie ! Veux-tu remporter ça !... Julie !

Scène 4

FOLLAVOINE, ROSE, CHOUILLOUX

ROSE, *arrivant du fond et introduisant Chouilloux.* – Monsieur Chouilloux !

FOLLAVOINE. – Veux-tu remp… !

CHOUILLOUX, *descend légèrement en scène. Il est en redingote, rosette de la Légion d'honneur à la boutonnière.* – Bonjour, cher monsieur Follavoine !

FOLLAVOINE, *sans se retourner.* – Ah ! foutez-moi la p… ! *(Se retournant à ce moment, tandis que Rose sort, et reconnaissant Chouilloux.)* Oh ! pardon !… monsieur Chouilloux ! Déjà !

CHOUILLOUX. – Est-ce que j'arrive trop tôt ?

FOLLAVOINE. – Du tout ! du tout ! Seulement je conversais avec madame Follavoine ; alors, je n'avais pas entendu sonner.

CHOUILLOUX. – J'ai sonné, cependant ; et on m'a ouvert. *(Badin.)* Je n'ai pas encore le don de traverser les murailles !

FOLLAVOINE, *flagorneur.* – Ah ! Charmant ! Charmant !

CHOUILLOUX, *modeste.* – Oh ! mon Dieu… !

FOLLAVOINE, *lui prenant son chapeau des mains.* – Si vous voulez vous débarrasser !

CHOUILLOUX. – Trop aimable ! *(Descendant et s'arrêtant stupéfait à la vue du seau de toilette.)* Tiens !

FOLLAVOINE, *qui a déposé le chapeau de Chouilloux sur le rebord de la bibliothèque de gauche, descendant vivement pour se placer entre le seau et Chouilloux.* – Oh ! pardon ! Excusez ! Je vous en prie ! C'est ma femme qui est venue ici tout à l'heure ; elle tenait ça à la main, et, alors, par distraction… *(En parlant, il est remonté jusqu'à la porte du fond. L'ouvrant et appelant d'une voix rude.)* Rose !… Rose !

VOIX DE ROSE. – Monsieur !

FOLLAVOINE. – Eh bien ! venez ! *(À Chouilloux, tout en redescendant vers lui de telle sorte que le seau soit entre eux deux.)* Je suis confus, vraiment ! Surtout un jour où j'ai l'honneur… !

CHOUILLOUX, *s'inclinant à plusieurs reprises.* – Oh ! je vous en prie ! je vous en prie !

FOLLAVOINE, *avec force courbettes.* – Je dis ce que je pense, monsieur Chouilloux ! je dis ce que je pense !

CHOUILLOUX, *de même.* – Trop aimable !… oui ! vraiment !…

ROSE, *paraissant au fond.* – Monsieur m'a appelée ?

FOLLAVOINE. – Oui. Tenez ! Enlevez donc le seau de Madame.

ROSE, *stupéfaite.* – Ah !… Qu'est-ce qu'il fait là ?

FOLLAVOINE. – C'est Madame qui l'a laissé… par mégarde.

ROSE. – Ah ! ben… ! Madame a dû, bien sûr, le chercher !

(Elle le ramasse.)

FOLLAVOINE. – Oui, c'est bien, allez ! *(Remontant à la suite de Rose et la poussant vers la chambre de Julie.)* Et tenez ! allez donc dire à Madame que monsieur Chouilloux est là !

ROSE. – Oui, monsieur.

(Elle sort pan coupé gauche.)

CHOUILLOUX, *vivement, remontant vers Follavoine.* – Oh ! Je vous en prie ! Ne dérangez pas Madame.

FOLLAVOINE. – Laissez ! Laissez ! Si je ne la presse pas un peu !… Les femmes ne sont jamais prêtes !

CHOUILLOUX. – Ah bien ! Je ne peux pas dire ça de la mienne !… Tous les matins, c'est la première sortie ! le footing lui est recommandé ; moi ce n'est plus de mon âge ; alors elle a son cousin… qui marche avec elle.

FOLLAVOINE, *étourdiment aimable.* – Oui ! oui ! en effet ! C'est… c'est ce qu'on m'a dit !…

CHOUILLOUX. – Ça fait tout à fait mon affaire.

FOLLAVOINE. – Oui, ça… ça ne sort pas de la famille.

CHOUILLOUX. – Ça ne sort pas de la famille… et puis ça ne me fatigue pas !… *(Ils rient. – En pivotant pour descendre en scène, Chouilloux aperçoit le vase de nuit sur la table.)* Ah ! je vois qu'on s'occupe de notre affaire !

François-Paul Dubois (Chouilloux) et Benoît Dugas (Follavoine). Mise en scène de Jean-Luc Jeener, 2004.

FOLLAVOINE, *qui est descendu également.* – Ah ! oui !... oui !

CHOUILLOUX, *sur le ton d'un homme sûr de son fait. Indiquant le vase de nuit.* – C'est le pot de chambre.

FOLLAVOINE. – C'est le... oui !... oui... Ah ! vous avez reconnu ?

CHOUILLOUX, *modeste.* – Oui, oh !... *(En ce disant il a gagné un peu la droite devant la table. Se retournant et considérant le vase.)* Eh bien ! mais ça ne paraît pas mal... bien conditionné !...

FOLLAVOINE. – Oh ! pour être conditionné, ça !

CHOUILLOUX. – Et alors, c'est de la porcelaine incassable ?

(Il cogne le vase avec son index replié.)

FOLLAVOINE, *remontant au-dessus de sa table.* – Incassable, parfaitement.

CHOUILLOUX, *en contemplation devant le vase.* – Ainsi voyez !... *(Brusquement, s'asseyant sur le fauteuil qui est à droite de la table.)* Non, je vous demande ça, parce que c'est le point qui avait retenu notre attention, à Monsieur le sous-secrétaire d'État et à moi.

FOLLAVOINE. – Aha ! oui, oui ?

CHOUILLOUX. – Parce que, pour la porcelaine ordinaire, après mûre réflexion, nous n'en voulons pas.

FOLLAVOINE. – Oh ! que je vous comprends !

CHOUILLOUX. – La moindre des choses, c'est cassé !

FOLLAVOINE. – Ah !... tout de suite !

CHOUILLOUX. – Ce serait gaspiller l'argent de l'État.

FOLLAVOINE. – Absolument ! *(Indiquant son vase.)* Tandis que ça : bravo ! c'est solide ! on n'en voit pas la fin ! *(Descendant en scène.)* Non, mais, tenez, prenez en main, vous qui êtes connaisseur !

CHOUILLOUX. – Oh !... pas plus que ça !

FOLLAVOINE. – Si ! Si ! Voyez comme c'est léger !

CHOUILLOUX, *prenant le vase et le soupesant.* – Oh ! c'est curieux ! Ça ne pèse pas son poids !

FOLLAVOINE, *prenant le poignet de Chouilloux et l'agitant de façon à imprimer au vase un mouvement de poêle à frire.* – Et comme c'est agréable à la main ?... hein ?... C'est-à-dire que ça devient un plaisir. *(Changeant de ton.)* Bien entendu, nous faisons ça en blanc et en couleur ; si vous le désirez, pour l'armée, rayé comme les guérites, par exemple... aux couleurs nationales... ?

CHOUILLOUX. – Oh ! non ! Ce serait prétentieux.

FOLLAVOINE. – Je suis de cet avis ; et vraiment une augmentation de dépense inutile.

CHOUILLOUX. – Eh bien, mais c'est à voir, ça ! c'est à voir ! *(Il repose le vase sur la table et revient à Follavoine.)* On nous a présenté également des vases en tôle émaillée, ce n'est pas mal non plus.

FOLLAVOINE. – Oh ! monsieur Chouilloux ! non !... ce n'est pas sérieux !... Vous n'allez pas prendre de la tôle émaillée !

CHOUILLOUX. – Pourquoi pas ?

FOLLAVOINE. – Mais parce que !... Il ne s'agit plus là de mon intérêt personnel ; je le laisse de côté ! Mais la tôle émaillée, monsieur Chouilloux ! mais ça sent tout de suite mauvais ; et puis ça n'a pas la propreté de la porcelaine ! *(Indiquant son vase.)* Ça, à la bonne heure !

CHOUILLOUX. – Évidemment, il y a du pour et du contre.

FOLLAVOINE. – Sans parler de la question d'hygiène !... Vous n'êtes pas sans savoir qu'il est reconnu que la plupart des appendicites sont dues à l'emploi des ustensiles émaillés.

CHOUILLOUX, *moitié riant, moitié sérieux.* – Oui, oh ! bien, là ! étant donné l'usage qu'on en veut faire, je ne crois pas que...

FOLLAVOINE. – On ne sait jamais, monsieur Chouilloux! la jeunesse est si légère! On veut étrenner le récipient tout neuf; on fait un punch monstre; la chaleur fait craquer l'émail; quelques parcelles tombent; on boit, on en avale… Enfin, vous savez ce que c'est?

CHOUILLOUX. – Moi? non!… Non, je vous jure qu'il ne m'est jamais arrivé de boire du punch dans…

FOLLAVOINE. – Non! mais vous avez été soldat.

CHOUILLOUX. – Pas davantage! J'ai passé mon conseil de révision; on m'a fait mettre tout nu et on m'a dit: « Vous ne devez pas avoir une bonne vue! » Ça a décidé de ma vocation militaire: j'ai fait toute ma carrière au ministère de la Guerre.

FOLLAVOINE. – Ah?… Ah? Eh bien, croyez-moi, monsieur! pas de tôle émaillée! prenez, si vous voulez, du caoutchouc durci! du celluloïd! soit! Quoique au fond rien ne vaut la porcelaine! le seul défaut, c'est la fragilité; eh bien! du moment qu'on a paré à cet inconvénient! Tenez, d'ailleurs, vous allez voir. *(Voulant aller à la table dont Chouilloux lui obstrue le chemin.)* Pardon!

CHOUILLOUX, *ne comprenant pas où il veut en venir et s'effaçant dans le sens du mouvement de Follavoine.* – Pardon!

FOLLAVOINE, *indiquant son vase sur la table.* – Non, je vais…

CHOUILLOUX, *s'effaçant pour le laisser passer.* – Ah! pardon!

FOLLAVOINE, *prenant le vase sur la table.* – Vous allez voir la solidité. *(Il élève le vase en l'air comme pour le lancer par terre, puis se ravise.)* Non! ici, avec le tapis, ça ne prouverait rien!… mais là, dans le couloir, c'est du plancher… Vous allez voir! *(Il est allé, tout en parlant, ouvrir la porte du fond toute grande et redescend avec son vase devant le trou du souffleur, à côté de Chouilloux. – Indiquant à Chouilloux le point où il faut regarder.)* Là-bas, monsieur Chouilloux! *(Chouilloux fait mine d'y aller. Follavoine le retenant.)* Non, restez ici, mais regardez là-bas ! *(Au moment de lancer son vase.)* Suivez-moi bien ! *(Le balançant pour lui donner de l'élan.)* Une !... deux !... trois !... *(Lançant le vase et pendant sa trajectoire.)* Hop ! Voilà.

(Au moment même où il dit « voilà ! » le vase tombe et se brise ; les deux personnages restent un instant bouche bée, comme stupéfiés.)*

CHOUILLOUX, *décrivant un demi-cercle autour de Follavoine toujours figé et se trouvant ainsi, face à lui, légèrement au-dessus et à droite, et, parlant, face au public.* – C'est cassé !

FOLLAVOINE. – Hein ?

CHOUILLOUX. – C'est cassé !

FOLLAVOINE. – Ah ! oui, c'est... c'est cassé.

CHOUILLOUX, *qui est remonté jusqu'à la porte.* – Il n'y a pas !... ça n'est pas un effet d'optique.

FOLLAVOINE, *qui est remonté également.* – Non ! non ! C'est bien cassé ! C'est curieux ! Je ne comprends pas ! Car, enfin, je vous jure, c'est la première fois que ça lui arrive.

CHOUILLOUX, *descendant.* – Il s'est peut-être trouvé une paille.

FOLLAVOINE, *descendant également.* – Peut-être oui ! D'ailleurs, au fond, je ne suis pas fâché de cette expérience ; elle prouve justement que... que... Enfin, comme on dit : « L'exception confirme la règle. » Parce que, jamais ! jamais ça ne se casse !

CHOUILLOUX. – Jamais ?

FOLLAVOINE. – Jamais ! Ou alors, je ne sais pas : une fois sur mille !

CHOUILLOUX. – Ah ! Une fois sur mille.

* NOTA. – Dans le cas, qui s'est parfois présenté, où le vase, en retombant, ne se casserait pas, l'artiste chargé du rôle de Follavoine dirait simplement : « Vous voyez ! Incassable ! et vous savez, vous pouvez le lancer autant de fois que vous le voulez... D'ailleurs, si vous désirez vous en rendre compte : une, deux, trois... Hop ! voilà ! », etc.

FOLLAVOINE. – Oui, et… et encore ! D'ailleurs vous allez voir ! *(Remontant vers la bibliothèque.)* J'ai là un autre exemplaire ; nous allons pouvoir le lancer et le relancer… *(Redescendant avec un second vase qu'il a pris dans la bibliothèque.)* Ne tenez pas compte de celui-là : c'est une mauvaise cuisson.

CHOUILLOUX. – Oui, c'est un mal cuit.

FOLLAVOINE. – Voilà. *(Allant se placer devant le trou du souffleur, à côté de Chouilloux qui y est déjà.)* Regardez bien : une… deux… *(Se ravisant.)* Non, tenez ! Lancez-le vous-même !

(Il lui met le vase dans la main.)

CHOUILLOUX. – Moi !

FOLLAVOINE. – Oui ! Comme ça vous vous rendrez mieux compte.

CHOUILLOUX. – Ah ?…

(Follavoine s'efface un peu à droite ; Chouilloux prend la place de Follavoine, tout cela sans changer de numéro.)

FOLLAVOINE. – Allez !

CHOUILLOUX. – Oui ! *(Balançant le vase.)* Une… deux…

(Il s'arrête, très ému.)

FOLLAVOINE. – Eh bien ! Allez ! Qu'est-ce qui vous arrête ?

CHOUILLOUX. – C'est que c'est la première fois qu'il m'arrive de jouer au bowling avec…

FOLLAVOINE. – Allez ! Allez ! N'ayez pas peur ! *(Pour le tranquilliser.)* Je vous dis : un sur mille !

CHOUILLOUX. – Une ! deux ! et trois !

(Il lance le vase.)

FOLLAVOINE, *pendant la trajectoire.* – Hop ! *(Au moment où le vase arrive à terre.)* Voilà !

(Le vase éclate en morceaux. Même jeu que précédemment ; ils restent tous deux comme médusés.)

CHOUILLOUX, *après un temps, remontant jusqu'à la porte pour bien constater le dégât.* – C'est cassé !

FOLLAVOINE, *qui est remonté également.* – C'est cassé, oui ! C'est cassé !…

CHOUILLOUX. – Deux sur mille !…

FOLLAVOINE. – Deux sur mille, oui ! Écoutez ! Je n'y comprends rien ; il y a là quelque chose que je ne m'explique pas ! Évidemment ça doit tenir à la façon de lancer le vase ; je sais que, quand c'est mon contremaître qui l'envoie, jamais, au grand jamais !…

CHOUILLOUX. – Ah ! jamais ?

FOLLAVOINE. – Jamais !

CHOUILLOUX, *allant s'asseoir sur le canapé, tandis que Follavoine referme la porte du fond.* – C'est tout à fait intéressant.

FOLLAVOINE. – Oui, oh ! mais non !… ça n'est pas encore ça !… Évidemment vous avez pu vous rendre compte de la différence qui existe entre la porcelaine cassable et…

CHOUILLOUX, *achevant la phrase pour lui.* – … la porcelaine incassable.

FOLLAVOINE. – Oui !… Mais tout de même ces expériences ne sont pas assez concluantes pour fixer votre religion.

CHOUILLOUX. – Mais si, mais si, je me rends très bien compte… Quoi ! c'est ces mêmes vases-là ! Seulement, au lieu de se casser, ils ne se cassent pas !

FOLLAVOINE. – Voilà !

CHOUILLOUX. – Tout à fait intéressant !

Questions

Repérer et analyser

L'enchaînement des scènes

1 Quel est le personnage qui apparaît au début de la scène 3 ? En quoi permet-il d'assurer l'enchaînement avec la scène 2 ? Dans quelle scène ce personnage est-il apparu pour la première fois ?

2 Quel objet fait le lien entre les scènes 2, 3 et 4 ?

3 Dans quelle scène Chouilloux arrive-t-il ? En quoi la dernière didascalie de la scène 2 prépare-t-elle son arrivée impromptue ?

L'action

4 **a.** Quel problème Julie rencontre-t-elle avec son fils ?

b. Que tente-t-elle d'obtenir de son mari ? Comment ce dernier réagit-il ?

c. Quelle est une nouvelle fois la cause de la dispute ?

5 Quel est l'objet de la visite de Chouilloux ? De quoi Follavoine doit-il le convaincre ? À quelle expérience se livre-t-il à cette fin ? L'expérience est-elle concluante ? Justifiez votre réponse.

Le comique de geste

Le rythme et les mouvements des personnages

Dans le vaudeville, les allées et venues des personnages font partie intégrante du spectacle et contribuent au rythme de la pièce.

6 Relevez les mouvements effectués par Rose dans la scène 3.

a. À quel moment et à quel endroit de la scène apparaît-elle (précisez à quelle porte) ?

b. À quel moment quitte-t-elle la scène ? Relevez la didascalie qui précise son départ.

c. Quel rythme ce va-et-vient confère-t-il à la scène ?

7 **a.** Relevez la didascalie qui signale l'apparition de Julie dans cette même scène (3). Précisez la porte d'où elle surgit.

b. Quel déplacement Julie effectue-t-elle devant le refus de son mari à venir la rejoindre ?

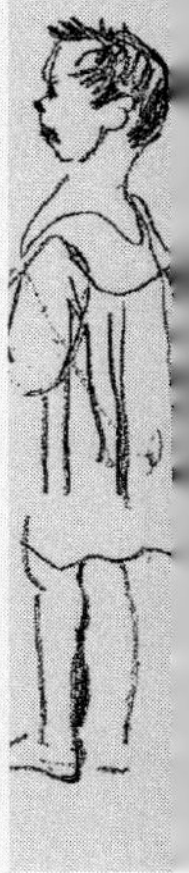

c. Que dépose-t-elle au milieu de la scène ? Relevez le terme de la didascalie qui montre que Julie s'enfuit après ce geste ? Quel déplacement son mari effectue-t-il ? À quel jeu scénique le spectateur assiste-t-il ?
d. Relevez la didascalie qui indique la fin de la poursuite.

La gestuelle

8 Quels gestes Chouilloux et Follavoine effectuent-ils lorsqu'ils se saluent dans la scène 4 (l. 109 à 113) ?
En quoi cette gestuelle est-elle drôle ? Relevez dans la scène un autre passage où cette gestuelle se reproduit.
9 **a.** Quel déplacement scénique dans la scène 4 (l. 231 à 234) montre que Chouilloux ne comprend pas ce que Follavoine veut faire du vase ?
b. Relisez les didascalies des lignes 234 à 242 et repérez la gestuelle qui accompagne le lancer du vase ainsi que les mouvements des personnages après le lancer. En quoi ces gestes participent-ils au comique ?

Le comique de situation

10 **a.** Pour quelle raison Follavoine est-il énervé au début de la scène 4 ? Quel est son niveau de langage ?
b. Montrez en citant le texte qu'il change brusquement de niveau de langage. Pour quelle raison ? Quel est l'effet produit ?
11 En quoi l'expérience du lancer du vase relève-t-elle du comique de situation ? Justifiez votre réponse.

Le comique de mots

Les mots à double sens

12 Relisez les répliques des lignes 129 à 138 de la scène 4.
a. Combien de fois le pronom *Ça* est-il repris au fil du dialogue des lignes 135 à 138 ?
b. Montrez que ce pronom renvoie à des réalités différentes d'un interlocuteur à l'autre. À quoi Follavoine fait-il allusion ? Chouilloux peut-il le comprendre ? Quel est l'intérêt comique de ce procédé ?

Les rapprochements inattendus

Une des formes de comique consiste à instituer un rapport entre deux éléments qui semblent de prime abord n'avoir aucun lien entre eux.

13 Relisez le passage : « On m'a fait mettre tout nu et on m'a dit : "Vous ne devez pas avoir une bonne vue !" » (l. 211-212).
En quoi le comique de ce passage repose-t-il sur un rapprochement inattendu et sur l'absence d'enchaînement logique entre les propositions ?

L'argumentation spécieuse

Une argumentation est spécieuse lorsqu'elle repose sur des arguments de belle apparence mais sans valeur.

14 **a.** Pour quelle raison Follavoine dénigre-t-il le vase de nuit en tôle émaillée ?
b. Quels sont les arguments qu'il utilise à cet effet ? En quoi ces arguments sont-ils comiques ?
c. Quel constat Chouilloux fait-il de l'expérience ? Citez la réplique. Comment Follavoine se sort-il de ce mauvais pas ?
d. Quel mot d'esprit de la part de Chouilloux met fin à cet épisode ?

Le comique de geste et de situation : la répétition

15 **a.** Quelle situation se reproduit à l'identique dans la seconde partie de la scène 4 (à partir de la ligne 268) ? Lequel des deux personnages lance cette fois le vase ? Relevez les répliques et didascalies similaires.
b. « C'est ces mêmes vases-là ! Seulement, au lieu de se casser, ils ne se cassent pas ! » (l. 313-314) : en quoi cette phrase est-elle comique ?

La satire de l'armée

La satire est une critique moqueuse.

16 Quelle image Feydeau donne-t-il de l'armée et des soldats dans ce passage ? Justifiez votre réponse.

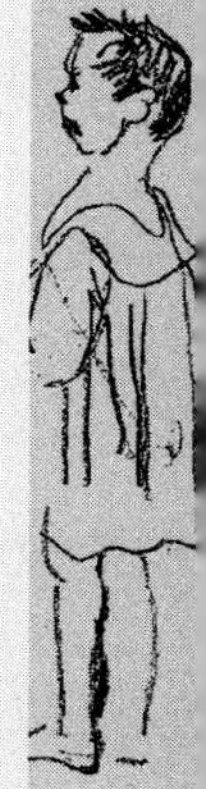

Écrire

Écrire une courte scène

17 Imaginez une courte scène dans laquelle Follavoine fait une nouvelle tentative pour convaincre Chouilloux des qualités de son pot de chambre. Vous introduirez des didascalies et penserez aux mouvements effectués par les personnages.

Mimer une scène

18 Mimez la scène du lancer de vase (l. 225 à 265). Ce passage « du lancer de vase » par Follavoine repose sur un comique de gestes : le jeu scénique est essentiellement physique. N'oubliez pas que le personnage joue ici son avenir professionnel, ce qui confère à cette situation, grâce à la mise en scène, une dimension solennelle mais intensément comique. La précision et la préparation du lancer de vase doivent être réglées comme une mécanique d'horloger. Les gestes sont décomposés au ralenti, comme dans une image cinématographique (Feydeau connaissait les films de Charlie Chaplin et les admirait).

Scènes 5 et 6

« Je m'en fiche de monsieur Chouilloux ! »

Scène 5

Les Mêmes, JULIE

JULIE, *surgissant brusquement hors de sa chambre ; elle est dans la même tenue que précédemment, mais sans seau.* – Bastien, je t'en prie, viens ! ce petit me rendra folle ! Je ne peux pas en venir à bout !

(À la voix de Julie, Chouilloux s'est levé.)

FOLLAVOINE, *bondissant vers sa femme et vivement, à voix couverte.* – Ah ! çà, tu perds la tête ! Tu viens ici comme ça ! Regarde-toi, je t'en prie ! *(Indiquant Chouilloux.)* Monsieur Chouilloux !

JULIE, *sans même se retourner vers Chouilloux.* – Je m'en fiche de monsieur Chouilloux !...

CHOUILLOUX. – Hein ?

FOLLAVOINE, *affolé.* – Mais non ! mais non ! Je t'en prie ! *(Présentant à tort et à travers.)* Monsieur Chouilloux ! Ma femme !

CHOUILLOUX, *s'inclinant.* – Madame !

JULIE, *très rapidement.* – Oui ! bonjour, monsieur ! Vous m'excuserez, n'est-ce pas, de me montrer ainsi !...

CHOUILLOUX, *très talon rouge.* – Mais je vous en prie, madame ! Une jolie femme est bien de toutes les façons !

JULIE, *n'écoutant pas ce qu'il dit.* – Trop aimable ! merci ! *(À son mari.)* Je t'en prie, il n'y a pas moyen de venir à bout de ce petit ! Quand on lui parle de purgation...

FOLLAVOINE. – Oui ! Eh bien ! tant pis ! je regrette ! Je suis là à causer sérieusement avec monsieur Chouilloux ! J'ai autre chose à faire que de m'occuper des purgations de ton fils.

JULIE, *indignée, à Chouilloux.* – Oh !... voilà un père, monsieur ! Voilà un père !

(Elle passe n° 1.)

CHOUILLOUX, *ne sachant que répondre.* – Oui, madame ! oui !

FOLLAVOINE, *sur un ton impératif.* – Je te prie d'aller t'habiller ! Je suis honteux pour toi de voir dans quel état tu oses te montrer ! Il faut vraiment n'avoir aucun souci de sa dignité...

JULIE. – Ah bien ! si tu crois que je vais m'occuper de ma toilette dans des moments pareils !

CHOUILLOUX, *voulant paraître s'intéresser.* – Vous avez un enfant souffrant, madame ?

JULIE, *sur un ton douloureux.* – Oui, monsieur, oui !

FOLLAVOINE, *haussant les épaules.* – Mais il n'a rien, monsieur Chouilloux ! il n'a rien !

JULIE, *comme un argument sans réplique.* – Enfin, il n'a pas été ce matin.

CHOUILLOUX. – Ah ? Ah ?

FOLLAVOINE. – Eh bien ! oui ! il a un peu de paresse d'intestin.

JULIE. – Il appelle ça rien, lui ! il appelle ça rien ! On voit bien qu'il ne s'agit pas de lui !

FOLLAVOINE. – Enfin, quoi ? c'est l'affaire d'une purgation !

JULIE. – Oui, oh ! je sais bien ! Mais purge-le, si tu peux, toi. C'est pour ça que je te dis de venir. Seulement, il n'y a pas de danger ! Toutes les corvées c'est pour moi !

FOLLAVOINE. – Vraiment, ne dirait-on pas qu'il s'agit de quelque chose de grave !

Bernard Menez (Follavoine) et Annick Roux (Julie).
Mise en scène de Jean-Christophe Averty, décor de Michel Fresnay.
Théâtre des Bouffes du Nord, 1991.

CHOUILLOUX, *hochant la tête, et gravement.* – Ce n'est pas grave, en effet ; mais, tout de même, il ne faut pas jouer avec ces choses-là !

JULIE. – Ah ! Tu vois ce que dit monsieur… qui a du savoir.

FOLLAVOINE, *flagorneur.* – Ah ! vraiment, monsieur Chouilloux ?…

CHOUILLOUX, *id.* – Évidemment !… Évidemment !… *(À Julie.)* Est-ce que l'enfant est sujet – pardonnez-moi le mot – à la constipation ?

JULIE. – Il a plutôt une tendance, oui.

CHOUILLOUX. – Oui ? Eh bien !... il faut surveiller ça ! Parce qu'un beau jour, ça dégénère en entérite, et c'est le diable pour s'en défaire.

JULIE, *à Follavoine.* – Là ! Là ! Tu vois ?

CHOUILLOUX. – Je peux vous en parler savamment : j'en ai eu une, qui m'a duré cinq ans !

JULIE, *instinctivement tournant la tête vers sa chambre où est son fils.* – Ah ! *(Dans le mouvement de retour de la tête du côté de Chouilloux.)* Pauv' Bébé !

CHOUILLOUX, *s'inclinant.* – Merci !

JULIE. – Comment ?

CHOUILLOUX. – Ah ! pardon, je croyais que c'était à moi que...

JULIE. – Non !... Non !

CHOUILLOUX. – Oui, madame, cinq ans ! J'avais attrapé ça à la guerre.

JULIE. – En 70 !

CHOUILLOUX. – Non, en 98.

JULIE, *le regardant, un peu désorientée.* – En 98 ? Mais... il n'y a pas eu de guerre, en 98.

CHOUILLOUX. – « À la guerre, à la guerre » ! au ministère de la Guerre !... où je suis fonctionnaire.

JULIE. – Ah ! bon !

FOLLAVOINE. – Oui, parce que monsieur Chouilloux est...

JULIE. – Oui, oui, je sais.

CHOUILLOUX. – Souvent, j'avais soif... je buvais de l'eau, qu'on prenait là, n'importe où... J'étais le monsieur qui disait : « Ah ! là, là !... les microbes !... l'eau du robinet, voilà !... » Oui, eh bien ! à ce régime, je me suis collé la bonne entérite ! et, résultat : j'ai dû aller trois ans de suite à Plombières !

JULIE, *sautant là-dessus.* – Ah! Alors, pour Bébé, vous croyez que Plombières?…

CHOUILLOUX. – Ah! Non! non, lui, il aurait plutôt l'entérite à forme constipée: Châtel-Guyon conviendrait mieux. Moi, j'avais en quelque sorte l'entérite… Mais si on s'asseyait?

FOLLAVOINE, *tandis que Chouilloux et Julie s'asseyent sur le canapé.* – C'est ça, monsieur Chouilloux! tout ça est si intéressant!

(Il est allé chercher près de son bureau la chaise volante qu'il apporte près du canapé et s'y assied.)

CHOUILLOUX. – … J'avais plutôt, dis-je, l'entérite – pardonnez-moi cette confidence! – l'entérite relâchée…

JULIE. – Ah?… Ah?

FOLLAVOINE, *flagorneur.* – Ah! comme c'est intéressant, monsieur Chouilloux!

CHOUILLOUX. – Alors, Plombières était désigné. Ah! quel régime!

JULIE, *tout à ce qui l'intéresse.* – Et… qu'est-ce qu'on vous fait faire, à Châtel-Guyon?

CHOUILLOUX, *légèrement interloqué.* – Hein! à… ? Je ne sais pas, madame; je n'y ai pas été. *(Revenant à ce qui l'intéresse.)* Mais à Plombières… ! Tous les matins, une douche ascendante: un litre, un litre et demi.

JULIE. – Oui, ça, ça m'est égal! Mais vous ne savez pas si à Châtel-Guyon… ?

CHOUILLOUX. – Mais non, madame, je vous dis, je n'y ai pas été!… *(Revenant à ses moutons.)* Une fois la douche terminée, je prenais un bain… un bain d'une heure; après quoi un massage…

JULIE, *pressée d'en revenir à ce qui l'intéresse.* – Oui!… oui…

CHOUILLOUX. – Après quoi, le repas; rien que des plats blancs: purées, pâtes, macaroni, nouilles; gâteaux de riz, de semoule…

JULIE. – Oui, mais… à Châtel-Guyon… ?

FOLLAVOINE, *se levant, agacé.* – Oh ! mais puisque monsieur Chouilloux te dit qu'il n'y a pas été !

CHOUILLOUX. – Oui, je suis désolé, mais…

FOLLAVOINE. – Il ne peut te parler que de son régime de Plombières.

JULIE, *le plus ingénument du monde.* – Mais je m'en moque, moi, de son régime de Plombières.

CHOUILLOUX, *décontenancé.* – Ah ?… pardon !

JULIE. – En quoi veux-tu que ça m'intéresse le régime de Plombières de monsieur Chouilloux, puisque pour Bébé c'est Châtel-Guyon ! *(Se levant.)* Monsieur Chouilloux, qui est un homme intelligent, me comprend très bien.

CHOUILLOUX, *pendant que Julie passe n° 2.* – Mais oui ! mais oui !

JULIE. – Il pourrait aussi me raconter comment on pêche la morue à Terre-Neuve; ça serait très intéressant; ça n'aurait rien à voir avec la santé de Toto.

CHOUILLOUX, *conciliant.* – Évidemment ! évidemment !

JULIE. – Je ne suis pas là pour écouter des histoires; j'ai à purger Bébé !

FOLLAVOINE, *qui en a par-dessus la tête.* – Eh ben ! bon ! bien ! ça va bien ! va purger Bébé !

JULIE, *très aimable, à Chouilloux.* – Vous m'excusez, n'est-ce pas, monsieur ?

CHOUILLOUX, *se levant.* – Je vous en prie, madame.

JULIE, *sèche, à Follavoine.* – Alors, tu ne veux pas venir ? non ?

FOLLAVOINE. – Ah ! non ! non !

JULIE. – Oh ! ce père ! ce père !

FOLLAVOINE. – Oui ! C'est entendu ! bon ! Et habille-toi !

JULIE. – Oui ! Oh !… Oh ! ce père !

(Elle sort.)

Scène 6

Les Mêmes, moins JULIE

FOLLAVOINE, *au fond, tourné vers la porte par laquelle est sortie sa femme.* – Se montrer dans une tenue pareille ! On n'a pas idée… !

CHOUILLOUX, *remontant n°* 2. – Ça a l'air d'une femme bien charmante que madame Follavoine.

FOLLAVOINE. – Hein !… Délicieuse, délicieuse, monsieur Chouilloux ! Elle est quelquefois un peu… ! mais, sans ça, délicieuse. Vous n'avez pas bien pu la voir ; je regrette qu'elle se soit présentée ainsi, pas habillée…

CHOUILLOUX. – Oh ! mais je me rends compte très bien de ce qu'avec des…

(Il achève sa pensée par une mimique qui évoque une idée de franfreluches et de chichis.)

FOLLAVOINE. – Oui, oh ! mais non. !… Ainsi, pas coiffée… avec ses bigoudis… ! Justement, ses cheveux, c'est ce qu'elle a de mieux !… des cheveux superbes !… frisant naturellement !

CHOUILLOUX. – Ah ?.. ah ?

FOLLAVOINE. – Alors, quand vous la voyez comme ça… Mais la coquetterie et elle !… et alors, quand, par-dessus le marché, elle croit devoir s'inquiéter pour son fils… !

CHOUILLOUX, *descendant et allant s'asseoir sur le fauteuil devant la table.* – Il n'a rien, somme toute, cet enfant !

FOLLAVOINE, *descendant à la suite de Chouilloux jusque devant la table contre laquelle il s'adosse.* – Mais rien !… Seulement allez donc lui dire ça ! Tenez : vous lui avez parlé de Châtel-Guyon ? Ça y est : maintenant, il ne va plus y en avoir que pour Châtel-Guyon !

CHOUILLOUX. – Oh ! je suis désolé si à cause de moi… !

FOLLAVOINE. – Mais du tout, du tout ! Seulement, alors, quand après ça, vous êtes venu lui parler de votre régime à Plombières ; en dedans de moi-même, je ne pouvais m'empêcher de me tordre.

(Il rit.)

CHOUILLOUX, *faisant chorus.* – Ça ne l'intéressait pas du tout.

FOLLAVOINE, *riant.* – Mais pas pour un sou !

CHOUILLOUX. – Oh ! cette pauvre madame Follavoine ! Et moi qui… Oh !

(Il rit. Tandis que tous deux s'esclaffent, la porte pan coupé gauche s'ouvre brusquement ; Julie paraît, traînant Toto de la main droite ; elle a un verre à bordeaux dans la main gauche et serre contre sa poitrine une bouteille d'Hunyadi-Janos.)

Repérer et analyser

L'enchaînement des scènes

1 **a.** À quelle scène fait écho la première réplique de Follavoine dans la scène 5 puis dans la scène 6 ?
b. Dans quelle scène Julie apparaît-elle ? D'où vient-elle ? Où se rend-elle quand elle quitte la scène ?

La progression du dialogue

2 **a.** Quelle annonce Julie fait-elle à son mari au début de la scène 5 ?
b. Que lui reproche-t-il une nouvelle fois ?
c. Quel éclairage Chouilloux apporte-t-il à la « constipation » de Bébé ? De quelle maladie a-t-il lui-même souffert ? Comment l'a-t-il contractée ? À quelle guerre ? Quel traitement médical et alimentaire a-t-il subi ?
d. Quel diagnostic de la maladie de Bébé fait-il ? Quel traitement conseille-t-il ?

3 Julie s'intéresse-t-elle à la cure de Chouilloux ? Par quelle réplique met-elle définitivement fin à la discussion (dernière partie de la scène 5) ?

4 **a.** Dans la scène 6, quelle image Follavoine cherche-t-il à donner de sa femme auprès de Chouilloux ? Justifiez votre réponse.
b. Pour quelle raison Follavoine et Chouilloux rient-ils à la fin de la scène 6 ?

Les personnages

5 Quel est le comportement de Julie au cours de ces deux scènes ? Quelle image de la femme (en tant que mère et épouse) donne-t-elle ?

6 Comment réagit son mari face à ce comportement ? Citez le texte. A-t-il suffisamment de caractère pour s'opposer à elle ?

7 Quel type de personnage Chouilloux représente-t-il ? S'est-il épanoui dans son métier ?

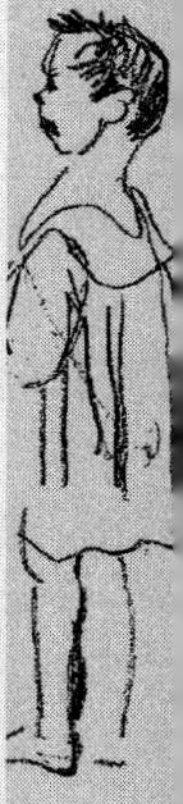

Les effets comiques

Le comique de situation

8 **a.** En quoi l'apparition de Julie, scène 5, est-elle comique ?
b. Dans quelle situation met-elle son mari tout au long de la scène 5 ? Le spectateur s'amuse-t-il de cette situation ?

Le comique de mots

9 **a.** Relisez la réplique des lignes 60-61. Quel mot Chouilloux hésite-t-il à prononcer ? Pour quelle raison ?
b. Relevez d'autres termes appartenant au champ lexical de la maladie et de la médecine. Quel est l'effet produit sur le spectateur par l'emploi de ces termes dans la bouche de Chouilloux ? Sont-ils en accord avec le rang qu'il est censé tenir (vous rappellerez sa profession et le rang qu'il occupe par rapport à Follavoine) ?

Les attentes du spectateur

10 Lisez la didascalie qui clôt la scène. Quels sont les personnages qui apparaissent ? Avec quels objets ? À quelle suite le spectateur peut-il s'attendre ?

Lire et comparer

Le Malade imaginaire, Molière (1673)

Argan, le malade imaginaire, vit dans l'obsession de la maladie, pour le plus grand profit de son apothicaire, M. Fleurant, et de son médecin, M. Purgon. Béralde, frère d'Argan, le dissuade de prendre tous les remèdes qu'on lui prescrit.

Acte III, scène 4

MONSIEUR FLEURANT, *une seringue*[1] *à la main,*
ARGAN, BÉRALDE.

ARGAN. – Ah ! mon frère, avec votre permission.
BÉRALDE. – Comment ! que voulez-vous faire ?

1. Énorme seringue à lavement.

ARGAN. – Prendre ce petit lavement-là, ce sera bientôt fait.
BÉRALDE. – Vous vous moquez. Est-ce que vous ne sauriez être un moment sans lavement ou sans médecine ? Remettez cela à une autre fois, et demeurez un peu en repos.
ARGAN. – Monsieur Fleurant, à ce soir ou à demain au matin.
MONSIEUR FLEURANT, *à Béralde*. – De quoi vous mêlez-vous de vous opposer aux ordonnances de la médecine et d'empêcher Monsieur de prendre mon clystère[1] ? Vous êtes bien plaisant d'avoir cette hardiesse-là !
BÉRALDE. – Allez, Monsieur ; on voit bien que vous n'avez pas accoutumé de parler à des visages.
MONSIEUR FLEURANT. – On ne doit point ainsi se jouer des remèdes et me faire perdre mon temps. Je ne suis venu ici que sur une bonne ordonnance, et je vais dire à Monsieur Purgon comme on m'a empêché d'exécuter ses ordres et de faire ma fonction. Vous verrez, vous verrez…
ARGAN. – Mon frère, vous serez cause ici de quelque malheur.
BÉRALDE. – Le grand malheur de ne pas prendre un lavement que Monsieur Purgon a ordonné ! Encore un coup, mon frère, est-il possible qu'il n'y ait pas moyen de vous guérir de la maladie des médecins, et que vous vouliez être toute votre vie enseveli dans leurs remèdes ?
ARGAN. – Mon Dieu, mon frère, vous en parlez comme un homme qui se porte bien ; mais, si vous étiez à ma place, vous changeriez bien de langage. Il est aisé de parler contre la médecine quand on est en pleine santé.
BÉRALDE. – Mais quel mal avez-vous ?
ARGAN. – Vous me feriez enrager. Je voudrais que vous l'eussiez, mon mal, pour voir si vous jaseriez tant. Ah, voici Monsieur Purgon.

11 Dites en quoi la pièce de Feydeau se rattache à la tradition moliéresque et farcesque. Pour répondre, appuyez-vous notamment sur le thème, le lexique, le nom du médecin, les objets.

1. Lavement.

Scènes 7 et 8

« Soyez gentil, buvez un peu pour faire plaisir à Toto ! »

Scène 7

Les Mêmes, JULIE, TOTO, *tenue de travail : petit tablier à manches par-dessus son costume.*

JULIE. – Oui ! eh bien ! tu vas un peu voir ton père ! *(Elle lâche Toto, le temps de refermer la porte ; après quoi, le reprenant par la main, elle l'entraîne vers son père tout en parlant.)* Il est furieux après toi, papa ! *(Arrivée à Follavoine.)* Veux-tu dire à ton fils… *(S'apercevant que Follavoine rit avec Chouilloux, lui envoyant un coup de pied bas dans le tibia, et entre chair et cuir pour que Toto, qu'elle écarte, n'entende pas.)* Ah ! je t'en prie, hein ?

FOLLAVOINE, *se cabrant sous la douleur.* – Allons ! Voyons !

JULIE. – Je dis à Toto que tu es furieux après lui ; s'il te voit te tordre avec monsieur Chouilloux… !

FOLLAVOINE. – Quoi ? Quoi ? Qu'est-ce qu'il y a encore ?

JULIE, *lui remettant Toto.* – Il y a que je te prie de faire obéir ton fils !… Fais-moi le plaisir de le purger !

(Elle gagne la gauche.)

FOLLAVOINE. – Moi ?

JULIE. – Oui, toi ! *(Déposant la bouteille, puis le verre, sur un petit guéridon près du canapé.)* Voilà la bouteille ! voilà le verre ! Moi, j'y renonce !

(Elle s'assied sur le canapé.)

FOLLAVOINE. – Mais ce n'est pas mon affaire ! est-ce que ça me regarde ?

JULIE. – Je te demande pardon ! tu es son père ! C'est à toi à faire montre d'autorité.

FOLLAVOINE, *lève les yeux au ciel, puis, à Chouilloux, avec un sourire de résignation.* – Je vous demande pardon, monsieur Chouilloux… !

CHOUILLOUX. – Je vous en prie !

FOLLAVOINE, *sévèrement à Toto.* – Qu'est-ce que c'est, monsieur ? Je suis très mécontent !

TOTO, *frappant du pied et passant, dans ce mouvement, entre son père et Chouilloux.* – Ça m'est égal ! J'veux pas me purger !

FOLLAVOINE. – Comment ?

Darry Cowl (Chouilloux), Muriel Robin (Julie), Pierre Richard (Follavoine). Mise en scène de Bernard Murat. Théâtre Édouard VII, 1994.

JULIE, *nerveuse.* – Voilà ! voilà ce que j'entends depuis une demi-heure !

CHOUILLOUX, *lui mettant sa main amicalement sur l'épaule.* – Comment, mon petit ami !… C'est un grand garçon comme vous…

(Toto dégage son épaule avec un geste d'humeur.)

FOLLAVOINE, *qui a vu son geste.* – Qu'est-ce que c'est ?… D'abord, dis bonjour à monsieur !

TOTO, *têtu, frappant du pied.* – Ça m'est égal ! j'veux pas me purger !

FOLLAVOINE, *le secouant.* – Oui ? Eh bien ! on ne te demande pas ce que tu veux !… Dis donc, espèce de petit garnement, est-ce que tu t'imagines…

JULIE, *voyant malmener son enfant, sautant sur Follavoine et l'écartant brusquement.* – Ah ! tu n'as pas fini, toi !

FOLLAVOINE. – Ah ! Zut !

(Il remonte avec humeur, pour redescendre à sa table, mais sans s'y asseoir.)

JULIE, *à Chouilloux.* – On ne peut pourtant pas ne pas le purger !… il a une langue d'un blanc !… *(À Toto.)* Fais voir ta langue au monsieur !

CHOUILLOUX, *complaisant.* – Attendez ! pardon ! *(Il met un genou à terre, pour être à la hauteur de Toto, tire de la poche de son gilet un lorgnon qu'il ajuste sur son nez par-dessus ses lunettes, puis à Toto.)* Voyons ?

JULIE. – Là ! fais voir ta langue !

(Toto tire une langue toute noire d'encre.)

CHOUILLOUX. – Mon Dieu ! Elle me paraît plutôt… noire.

JULIE, *avec une certaine fierté.* – Ah ! c'est parce qu'il a travaillé !… *(Changeant de ton.)* Mais il est facile de se rendre compte qu'il a l'haleine trouble. *(À Toto, en lui dirigeant la tête vers la figure de Chouilloux.)* Tiens, fais « hhah » dans le nez de monsieur !

CHOUILLOUX, *se garant instinctivement avec la main.* – Non, merci ! non !

JULIE. – Quoi ? vous n'êtes pas dégoûté de l'haleine d'un enfant ?

CHOUILLOUX. – Du tout ! du tout ! mais…

JULIE. – Eh ben, alors ?… *(À Toto, en lui poussant comme précédemment la tête vers la figure de Chouilloux.)* Va ! fais : « hhah » dans le nez du monsieur !

CHOUILLOUX. – Mais non ! mais non ! je vous assure, je n'ai pas besoin ; je me rends très bien compte… ! *(Se rasseyant et à Toto.)* Qu'est-ce que c'est, mon petit ami ? C'est comme cela qu'on est raisonnable ?… Comment vous appelez-vous ?

(Geste boudeur de Toto qui ne répond pas.)

FOLLAVOINE, *se penchant par-dessus la table pour parler à Toto.* – Eh bien ! réponds, voyons ! Comment t'appelles-tu ?

TOTO, *buté.* – J'veux pas me purger !

FOLLAVOINE, *rongeant son frein.* – Oh ! *(Aimable, à Chouilloux.)* Il s'appelle Toto.

CHOUILLOUX. – Ah ?

FOLLAVOINE. – C'est un diminutif d'Hervé.

CHOUILLOUX. – Tiens ! Ah ?… C'est curieux !… Et… vous avez quel âge ? Six ans !

JULIE, *avec importance.* – Sept ans, monsieur !

CHOUILLOUX. – Ainsi, voyez ! Sept ans ! et vous vous appelez Toto ! Mais, quand on s'appelle Toto et qu'on a sept ans, est-ce qu'on fait une histoire pour se purger !

TOTO. – Ça m'est égal, j'veux pas me purger !

CHOUILLOUX. – C'est très mal ! Qu'est-ce que vous direz donc plus tard quand vous irez à la guerre ?

JULIE, *attirant vivement Toto contre elle comme pour le protéger, tout en frappant deux ou trois fois de la main gauche le bois de la table, par superstition.* – Ah ! Taisez-vous !

TOTO, *dans les jupes de sa mère.* – Ça m'est égal ! j'irai pas à la guerre.

CHOUILLOUX. – « Vous n'irez pas ! Vous n'irez pas ! » S'il y en a une, cependant, il faudra bien !...

TOTO. – Ça m'est égal ! j'irai en Belgique.

CHOUILLOUX. – Hein ?

JULIE, *le couvrant de baisers.* – Ah ! chéri, va !... Est-il intelligent !

CHOUILLOUX, *à Follavoine.* – Mes compliments !... C'est vous qui l'élevez dans ces idées ?

FOLLAVOINE, *vivement.* – Mais non ! mais non ! *(À Toto.)* C'est très mal de dire des choses comme ça !... Tu entends... Hervé !

JULIE, *emmenant Toto vers le canapé.* – Mais laisse-le donc tranquille, cet enfant ! Tu ne vas pas l'ennuyer avec des choses qui ne sont pas de son âge ! *(S'asseyant sur le canapé avec Toto entre ses genoux.)* Il est bien sage, bien raisonnable ; il va faire plaisir à sa maman et prendre gentiment sa purgation.

(Tout en parlant, elle a rempli le verre d'Hunyadi-Janos et, sur le dernier mot, le présente à Toto.)

TOTO, *s'écartant des genoux de sa mère.* – J'veux pas m'purger !

JULIE. – Mais puisqu'on te dit qu'il faut !

FOLLAVOINE, *venant s'asseoir sur la chaise à côté du canapé.* – Regarde, Toto ! Si tu avais obéi tout de suite, ce serait fait ; tu serais débarrassé.

TOTO. – Ça m'est égal, je veux pas!

FOLLAVOINE. – Veux-tu être raisonnable, voyons!

TOTO, *se dégageant et passant au 3.* – Non, j'veux pas!

CHOUILLOUX, *qui s'est levé pendant ce qui précède. Intervenant.* – Mon petit ami, moi, quand j'avais votre âge... que j'étais tout petit, quand mes parents me disaient de faire une chose, eh bien!...

TOTO, *dans le nez de Chouilloux.* – Ta gueule!...

FOLLAVOINE et JULIE. – Oh!

CHOUILLOUX, *interloqué.* – Comment?...

FOLLAVOINE, *sautant sur Toto et le faisant passer derrière lui.* – Rien! Rien!

CHOUILLOUX, *se le tenant pour dit.* – Ah! pardon!

(Il va s'asseoir par la suite sur le fauteuil, droite de la table.)

FOLLAVOINE, *furieux, secouant Toto.* – Ah! Et puis en voilà assez! Tu vas me faire le plaisir d'obéir, hein! Ce n'est pas un avorton de ton espèce...

JULIE, *s'interposant et lui arrachant l'enfant des mains.* – Ah! çà! tu es fou! Tu ne vas pas bousculer ce petit, maintenant?

FOLLAVOINE. – Mais tu n'as pas entendu? il a dit « Ta gueule! »

JULIE. – Eh bien! il a dit: « Ta gueule! » Quoi? c'est français!

FOLLAVOINE, *indigné.* – Oh!

JULIE, *à Toto en l'embrassant.* – Mon pauvre chéri, va!

(Elle l'emmène au canapé sur lequel elle s'assied.)

FOLLAVOINE, *remontant à son bureau.* – Ah! non, zut! alors! zut!

(Il s'assied avec humeur.)

JULIE, *à Toto qu'elle tient enserré dans son bras droit. Le caressant de sa joue contre sa joue.* – Va, ton père est un méchant ! heureusement, ta maman est là !

FOLLAVOINE, *furieux.* – C'est ça ! voilà ! Mets-lui bien ces idées-là dans la tête !

JULIE, *prenant de la main droite le verre plein qui est sur la petite table et se le passant dans la main gauche.* – Mais, absolument !... Maltraiter ce petit qui n'est déjà pas bien !

FOLLAVOINE, *tournant son fauteuil presque dos à la table, comme un homme qui affecte de se détacher de ce qui se passe.* – Dorénavant, tu sais, tu t'adresseras à qui tu voudras !

JULIE, *bourrue.* – Oui, oh ! *(À Toto, se faisant aussitôt très douce tout en présentant le verre à ses lèvres.)* Prends ta purgation, mon chéri !

TOTO, *serrant les lèvres tout en éloignant la tête.* – Non, je veux pas !

JULIE, *les narines dilatées, les lèvres serrées, a un regard de rage vers son mari, puis faisant effort sur elle-même, revenant à Toto d'un ton suppliant.* – Si !... pour me faire plaisir.

TOTO, *entêté.* – Non, j'veux pas !

JULIE, *même regard à Follavoine ; même retour à Toto.* – Je t'en prie, mon chéri, prends ta purgation.

TOTO. – Non...

JULIE, *serrant les dents.* – Oh ! *(Jetant un regard haineux à Follavoine.)* Ah ! quand tu te mêles d'une chose, toi !

FOLLAVOINE, *ahuri.* – Moi !

JULIE. – Naturellement, toi ! *(À Toto.)* Écoute, Toto ! Si tu prends bien ta purgation, eh bien ! maman te donnera une pastille de menthe !

TOTO. – Non ! j'veux la pastille, d'abord !

JULIE. – Non, après !

TOTO. – Non, avant.

JULIE. – Oh !… Eh bien ! soit, là ! On te donnera la pastille avant ; seulement, après, tu prendras ta purgation ?

Toto. – Oui.

JULIE. – Tu me promets ?

TOTO. – Oui.

JULIE. – Tu me donnes ta parole d'honneur ?

TOTO, *un long « oui » traîné.* – Oui !

JULIE. – C'est bien ! j'ai confiance en toi. *(À Follavoine qui est assis à sa table, le dos presque tourné et les yeux au plafond dans une attitude résignée.)* Papa !… *(Voyant que Follavoine, distrait, ne répond pas. Sèchement.)* Bastien !…

CHOUILLOUX, *machinalement.* – Bastien !

FOLLAVOINE, *comme sortant d'un rêve.* – Hein ?

JULIE, *sèchement.* – La boîte de pastilles !

CHOUILLOUX, *passant la demande.* – La boîte de pastilles !

FOLLAVOINE, *avec un soupir de victime.* – Voilà ! *(Il a ouvert son tiroir et extrait la boîte demandée. Se levant et à Chouilloux au moment d'aller porter la boîte à Julie.)* Je vous demande pardon de vous faire assister à cette scène de famille.

CHOUILLOUX. – Mais comment donc ! c'est très intéressant !… pour un homme qui n'a pas d'enfant.

FOLLAVOINE, *présentant la boîte ouverte à Julie.* – Voilà la boîte de pastilles !

JULIE, *prenant une pastille.* – Merci. *(À Toto.)*. Ouvre ton becquot, mon chéri ! *(Lui mettant une pastille dans la bouche.)* Là !

FOLLAVOINE, *allant resserrer sa boîte dans le tiroir. À Chouilloux.* – Ça n'est pas pour ça que je vous ai invité à déjeuner !

CHOUILLOUX, *avec insouciance.* – Oh ! ben !...

JULIE, *à Toto.* – C'était bon ?

TOTO. – Oui !

JULIE, *lui tendant le verre.* – Là ! Eh bien ! maintenant, bois, mon chéri ! bois ta purgation !

TOTO, *se sauvant.* – Non, j'veux pas me purger !

JULIE, *ahurie.* – Quoi ?

FOLLAVOINE, *les nerfs à fleur de peau.* – Voilà, parbleu ! Voilà !

JULIE. – Mais, ce n'est pas sérieux, Toto ? Je t'ai donné un bonbon !

TOTO, *remontant vers le fond.* – Ça m'est égal, j'veux pas me purger !

FOLLAVOINE, *ayant peine à se contenir.* – Oh ! C't enfant ! C't enfant !

JULIE, *furieuse, à Follavoine, tout en allant chercher Toto.* – Quoi « c't' enfant » ! Quand tu répéteras : « C't' enfant ! C't' enfant ! » au lieu de m'aider ! tu vois que j'y perds mon latin !

(Elle prend Toto en le soulevant par les aisselles et le porte au canapé sur lequel elle s'assied.)

FOLLAVOINE, *hors de ses gonds.* – Mais quoi ? Qu'est-ce que tu veux que je fasse ?

JULIE, *remontant par le milieu de la scène.* – Oh ! rien ! rien ! naturellement ! *(Avec amertume.)* Ah ! Dieu de Dieu !

(Tout en parlant, elle se dirige vers sa chambre.)

FOLLAVOINE. – Eh bien ! quoi ? quoi ? Où vas-tu ?

JULIE. – Eh bien ! qu'est-ce que tu veux ? Je vais essayer d'un autre moyen !... *(Arrivée sur le pas de sa porte, se retournant et indiquant Chouilloux du geste.)* Oh!... et c'est ce jour-là qu'il choisit pour m'inviter des gens à déjeuner!

(Elle sort en faisant claquer la porte.)

FOLLAVOINE, *se dressant d'un bond et entre chair et cuir.* – Oh!

CHOUILLOUX, *qui s'est levé également. À Follavoine.* – Comment?

FOLLAVOINE, *faisant l'innocent.* – Quoi?

CHOUILLOUX. – Qu'est-ce qu'a dit madame Follavoine?

FOLLAVOINE. – Rien! rien!... Elle a dit: « Je ne sais vraiment pas à... quelle heure on pourra déjeuner. »

CHOUILLOUX, *avec indifférence et en se rasseyant.* – Ah?... Oh! ben, qu'est-ce que vous voulez!...

FOLLAVOINE, *allant à Toto et le faisant lever du canapé en le tirant par la main.* – C'est honteux, Toto, de manquer ainsi à sa parole!... N'est-ce pas, monsieur Chouilloux?

CHOUILLOUX, *prudent.* – Oh! moi, je ne dis plus rien! je ne dis plus rien!

FOLLAVOINE, *s'accroupissant devant Toto pour être à sa hauteur.* – Voyons, Toto! Tu as sept ans! tu es un petit homme! tu n'as plus le droit d'agir comme un enfant! Eh bien! si tu avales gentiment ta purgation, moi, je te ferai une surprise.

(Il se redresse.)

TOTO, *curieux.* – Quoi?

FOLLAVOINE. – Eh ben! je te dirai où sont les îles Hébrides.

TOTO. – Oh! ça m'est égal, j'veux pas le savoir.

FOLLAVOINE, *du tac au tac.* – C'est un tort!... *(Entre chair et cuir.)* Surtout, après tout le mal qu'on s'est donné pour les trouver! *(À Toto.)* C'est au nord de l'Écosse.

TOTO, *indifférent.* – Ah?

FOLLAVOINE. – Et puis, il y en a d'autres aussi, dans la Ménalé… dans la Malana… Manélé… Ah ! zut ! Enfin, quoi ! tu as celles du nord de l'Écosse, ça doit te suffire !

(Il lâche Toto et, pivotant sur les talons, gagne la droite.)

TOTO, *le rattrapant par le pan de sa redingote.* – Et le lac Michigan ?

FOLLAVOINE, *fronçant les sourcils.* – Quoi ?

TOTO. – Où qu'c'est qu'il est le lac Michigan ?

FOLLAVOINE, *répétant machinalement.* – « Où qu'c'est qu'il est le lac Michigan ? »

TOTO. – Oui ?

FOLLAVOINE. – Oh ! j'avais bien entendu !… *(À part.)* Ce qu'il est embêtant avec ses questions, ce petit ! *(À Chouilloux.)* Dites-moi !… Je vous demande ça comme ça : le lac Michigan… Vous ne vous rappelleriez pas par hasard où c'est ?

CHOUILLOUX. – Le lac Michigan ?…

FOLLAVOINE. – Oui !

CHOUILLOUX. – Eh bien ! mais… c'est en Amérique !… aux États-Unis !

FOLLAVOINE. – Oh ! que je suis bête ! Mais oui !

CHOUILLOUX. – … dans l'État de Michigan !

FOLLAVOINE. – De Michigan ! Voilà : c'est le nom de l'État qui ne me revenait pas !

CHOUILLOUX. – Le lac Michigan ! En 77, j'ai pris un bain dedans !

FOLLAVOINE. – Non ! Vous ? *(À Toto, se baissant vers lui et lui indiquant Chouilloux.)* Eh bien ! tu vois, Toto ! Tu cherchais le lac Michigan, eh ben ! ce monsieur-là… qui n'a l'air de rien, eh bien ! il a pris un bain dedans ! *(Sans transition.)*

J'espère qu'après ça, tu vas être raisonnable et prendre sagement ta purgation !

TOTO, *se sauvant et grimpant sur le canapé.* – Non ! J'veux pas !

FOLLAVOINE, *les yeux au ciel.* – Oh !

CHOUILLOUX. – Ah ! C'est un enfant qui a de la volonté !

FOLLAVOINE, *avec conviction.* – Ah ! oui, il en a !

JULIE, *arrivant avec un second verre pareil au premier et descendant par l'extrême gauche jusqu'au guéridon.* – Là ! j'apporte un autre verre !... *(Tout en remplissant le verre d'Hunyadi-Janos.)*... Et pour que Bébé avale sagement son Hunyadi-Janos... *(Posant la bouteille, prenant Toto au passage et allant avec lui droit à son mari.)* Eh bien ! papa en prendra un grand verre avec lui !

FOLLAVOINE, *avec un sursaut.* – Quoi ?

JULIE, *à Follavoine, en lui tendant le verre sous le nez.* – N'est-ce pas ?

FOLLAVOINE, *allant se réfugier à son bureau.* – Moi ! Mais jamais de la vie ! J'en veux pas, je te remercie bien !

JULIE, *sèchement, à mi-voix.* – Oh ! je t'en prie, n'est-ce pas ? Tu ne vas pas dire non !

FOLLAVOINE. – Mais absolument ! je n'ai aucune envie de me purger ! Bois-le, ton verre, toi, si ça te fait plaisir !

JULIE. – Oh !... tu ne peux même pas faire ça pour ton fils ?

FOLLAVOINE, *tout en repoussant le verre que Julie présente obstinément à ses lèvres.* – « Pour mon fils ! Pour mon fils ! » Il est aussi bien le tien !

JULIE. – Voilà ! Toutes les corvées, alors ? *(Tout en posant le verre sur le coin du bureau.)* Oui, toutes les corvées ! Tu trouves que je n'ai pas fait assez pour lui depuis qu'il est né ?... et surtout avant ?… Tu trouves que ce n'est pas suffisant de l'avoir porté pendant neuf mois dans mes flancs !…

(Elle passe devant Toto, et descend un peu à gauche.)

FOLLAVOINE, *agacé.* – Ah ! là ! « dans tes flancs » ! Qu'est-ce que tu vas chercher : « Dans tes flancs » ?

(Il s'assied à son bureau.)

TOTO. – Maman !

JULIE. – Quoi ?

TOTO. – Pourquoi c'est toi qui m'as porté dans tes flancs ! pourquoi c'est pas papa ?

JULIE, *soulevant Toto et le portant sur le canapé sur lequel elle s'assied également.* – Ah ! pourquoi… parce que ton père !… S'il avait fallu compter sur lui !… mais comme il savait que ce devait être moi… alors !

FOLLAVOINE, *à Chouilloux.* – Je vous demande un peu si c'est des choses à dire à un enfant !

TOTO. – T'avais qu'à prendre un autre monsieur.

FOLLAVOINE, *furieux.* – Voilà : « T'avais qu'à prendre un autre monsieur ! » C'est charmant !

JULIE. – Oh ! tu sais, un homme ou un autre !…

TOTO. – Ah ! ben, j'serai pas comme ça !

JULIE, *l'embrassant.* – Chéri, va ! Au moins tu as du cœur, toi !

FOLLAVOINE, *à Chouilloux.* – C'est insensé, monsieur Chouilloux ! C'est insensé !

CHOUILLOUX. – Mais non, c'est charmant ! *(Se levant, en considérant Toto de loin.)* Les enfants ont de ces réflexions !

JULIE, *à Toto.* – Tu vois la différence entre un père et une mère ! Ton père ne veut même pas se purger pour toi !

TOTO. – Ca m'est égal ! J'veux pas qu'il se purge !

FOLLAVOINE, *descendant jusqu'au canapé.* – Éhé !... Tu entends ! Il est plus raisonnable que toi.

CHOUILLOUX, *descendant également vers Toto.* – Éhé !... Il ne veut pas qu'on fasse boire son papa !

TOTO, *indiquant Chouilloux avec son doigt.* – Je veux qu'on fasse boire le monsieur !

FOLLAVOINE. – Hein ?

CHOUILLOUX, *reculant instinctivement.* – Quoi ?

JULIE, *heureuse de saisir cette occasion de faire plaisir à son fils.* – Tu veux qu'on fasse boire le monsieur ? Eh bien ! on va faire boire le monsieur !

(Elle prend le verre plein qui est resté sur le guéridon et, accompagnée de Toto collé à elle, se dirige vers Chouilloux.)

FOLLAVOINE, *s'interposant.* – Ah ! çà ! tu n'y penses pas !

JULIE, *l'écartant et passant avec Toto.* – Chut ! Laisse donc !

CHOUILLOUX, *devant le trou du souffleur, ronchonnant entre chair et cuir.* – Vraiment, ce petit est d'un mal élevé ! Oh !

JULIE, *son verre à la main.* – Tenez, cher monsieur Chouilloux !...

(Elle lui porte le verre aux lèvres juste au moment où il dit : « ... D'un mal élevé ! Oh !... » de sorte qu'en aspirant le « oh ! » il boit malgré lui une gorgée.)

CHOUILLOUX. – Ah ! pouah !

JULIE, *accompagnée de Toto, avançant sur Chouilloux le verre tendu.* – Soyez gentil, buvez un peu pour faire plaisir à Toto !

(Elle lui porte à nouveau le verre aux lèvres.)

CHOUILLOUX, *crachant.* – Ah ! pfutt ! *(Reculant vers la droite à mesure que Julie avance sur lui.)* Mais non, madame ! mais non, je vous remercie !

FOLLAVOINE. – Ah ! çà ! tu perds la tête !

JULIE, *à Chouilloux*. – Oh ! la moindre des choses, voyons ! La moitié du verre, ça suffira !

(Même jeu avec le verre, contre lequel Chouilloux s'efforce de se défendre.)

CHOUILLOUX. – Mais, non, madame ! je vous en prie !... Je suis désolé !...

FOLLAVOINE. – Tu n'y penses pas ! Monsieur Chouilloux n'est pas ici pour se purger !

JULIE. – Quoi ! Il n'y a pas de quoi faire une affaire pour un peu d'Hunyadi-Janos !

CHOUILLOUX, *acculé contre le fauteuil de droite*. – Je ne vous dis pas, mais...

JULIE. – Je comprends ça d'un enfant, mais d'une grande personne !... *(Engageante.)* Allons, monsieur Chouilloux !

(Elle lui met le verre sous le nez.)

Benoît Dugas (Follavoine), François-Paul Dubois (Chouilloux), Angélique Dessaint (Julie). Mise en scène de Jean-Luc Jeener, 2004.

FOLLAVOINE. – Julie, voyons !

CHOUILLOUX. – Mais non, madame ! je regrette beaucoup, mais une purge ! Je vous ai dit que, précisément, l'état de mes intestins me défendait !…

FOLLAVOINE. – Mais c'est évident !

JULIE. – Eh bien ! oui, mais ce n'est pas un demi-verre d'Hunyadi-Janos qui peut leur faire du mal, à vos intestins !

FOLLAVOINE. – Julie ! Julie.

JULIE. – Et vraiment, entre la santé de Toto et vos intestins, je trouve que !…

FOLLAVOINE. – Je t'en prie, Julie !

CHOUILLOUX. – D'ailleurs, madame, je vous assure !… je ne sais même pas jusqu'à quel point une purge est bonne pour monsieur votre fils…

JULIE, *faisant vivement passer Toto n° 2, et entre chair et cuir à Chouilloux.* – Ah ! non, je vous en prie, hein !… Si maintenant vous allez dire des choses pareilles devant cet enfant ! Ah bien ! c'est complet !

FOLLAVOINE, *faisant passer Toto n° 1.* – Julie !… Julie !…

CHOUILLOUX. – Je vous demande pardon, madame ! Si je vous dis ça !…

JULIE, *sous le nez de Chouilloux.* – Vous voyez tout le mal que j'ai avec Bébé ! toute la diplomatie que je suis obligée d'employer !…

FOLLAVOINE. – Julie ! Julie !

JULIE, *sans lâcher prise.* – Si vous allez, par-dessus le marché, le persuader maintenant qu'il ne doit pas prendre sa purge !

CHOUILLOUX. – Mais non ! Mais non !… Seulement je croyais…

JULIE, *lui mangeant positivement le nez.* – Ah ! « Vous croyiez ! Vous croyiez ! »

FOLLAVOINE. – Julie ! Julie !

JULIE. – Qu'est-ce que vous en savez ? Où avez-vous appris ? dans votre régime de Plombières ? Mais puisque c'est le contraire, le régime de Plombières ! puisque c'est le contraire !

CHOUILLOUX. – Écoutez, madame, je retire !

FOLLAVOINE. – Je t'en prie, Julie ! En voilà assez !

JULIE, *gagnant, suivie de Toto, l'extrême gauche.* – C'est vrai, ça ! Est-ce que je me mêle, moi, si sa femme le fait cocu avec son cousin Truchet ?

(Elle dépose le verre qu'elle a en main sur le guéridon.)

CHOUILLOUX, *bondissant.* – Cocu !

FOLLAVOINE, *entre chair et cuir.* – Oh ! n... de D... !

(Sans plus se soucier de Chouilloux, Julie a soulevé Toto et l'a fait asseoir n° 2, sur le canapé ; après quoi elle s'assied n° 1, près de lui.)

CHOUILLOUX. – Qu'est-ce que vous avez dit ?... Cocu !... Ma femme !... Truchet !...

FOLLAVOINE. – C'est faux, monsieur Chouilloux ! C'est faux !

CHOUILLOUX, *écartant Follavoine.* – Laissez-moi ! Laissez-moi ! Ah !... Ah ! j'étouffe !

(Il aperçoit le verre laissé primitivement par Julie sur la table, se précipite dessus et en avale gloutonnement le contenu.)

FOLLAVOINE. – Ah !

TOTO, *ravi en voyant ce jeu de scène, désignant Chouilloux à sa mère.* – Maman ! Maman !

(En gambadant, il remonte jusqu'au-dessus de la table et grimpe à genoux sur le fauteuil de son père.)

JULIE, *de sa place, à Chouilloux, pendant que celui-ci avale la purge.* – Eh bien !... Vous ne pouviez pas faire ça tout de suite ?... au lieu de faire toutes ces histoires !

FOLLAVOINE, *affolé.* – Monsieur Chouilloux, je vous en prie ! *(La physionomie de Chouilloux brusquement se contracte ; ses yeux deviennent hagards ; c'est la purgation qui lui tourne sur le cœur ; il jette des regards à droite et à gauche ! Puis, soudain, se rappelant d'où Follavoine extrayait ses vases, il se précipite comme un fou vers la bibliothèque fond droit. Follavoine, comprenant sa pensée et courant après lui.)* Non ! pas par là ! il n'y en a plus ! il n'y en a plus ! *(Le poussant vers la porte du premier plan gauche.)* Par là, tenez ! par là !

(Chouilloux se précipite dans la chambre.)

Scène 8

JULIE, FOLLAVOINE, TOTO

FOLLAVOINE, *se retourne vers sa femme après avoir refermé le battant de la porte.* – Ah ! je te félicite ! C'est du joli ! Voilà ce que tu fais, toi ?

(Il remonte nerveusement.)

JULIE, *se levant et gagnant la droite.* – Eh bien ! il n'avait qu'à ne pas se mêler de ce qui ne le regardait pas !

FOLLAVOINE, *gagnant le milieu de la scène.* – Aller dire à ce malheureux qu'il est cocu !

(Il remonte.)

JULIE, *s'asseyant sur le fauteuil à droite de la table.* – Quoi ? Il ne l'est peut-être pas ?

FOLLAVOINE, *se retournant et redescendant.* – Ce n'est pas une raison pour le lui dire !

(Il remonte vers le fond gauche.)

TOTO. – Maman !

JULIE. – Quoi ! mon chéri ? Tu veux te purger ?

TOTO. – Non !... Qu'est-ce que c'est qu'un cocu ?

JULIE, *avec un rictus sarcastique.* – Ah ?… *(Indiquant la porte par où est sorti Chouilloux.)* C'est ce monsieur, tiens ! qui vient de sortir.

FOLLAVOINE, *qui n'a pas cessé d'arpenter la scène, virevoltant brusquement.* – Mais non ! Mais non !… En voilà des choses à dire à un enfant.

JULIE. – S'il avait bu tout de suite, comme on le lui demandait !

FOLLAVOINE. – Tu es superbe, toi : une purgation !

(Il remonte.)

JULIE. – Eh ben !… Quand on est invité chez les gens, on prend ce qu'ils vous offrent ! Il n'a aucune éducation, ton Chouilloux ! Cet homme qui vient ici pour la première fois et qui nous parle de ses intestins relâchés !… Mais où a-t-il été élevé ?

FOLLAVOINE, *redescendant au milieu de la scène.* – Mais, enfin, tu lui demandes de se purger !…

JULIE, *se levant et allant à son mari.* – Moi, je lui ai demandé de se purger ? Mais je m'en moque, qu'il se purge ! Je lui ai demandé de boire un verre d'Hunyadi-Janos ! Je ne lui ai pas demandé de se purger !

(Elle passe au-dessus de la table, prend son fils au passage et redescend avec lui par l'extrême droite.)

FOLLAVOINE. – Mais ça le purge tout de même !

JULIE, *s'asseyant sur le fauteuil à droite de la table avec Toto entre ses genoux.* – Ah bien ! ça, ça le regarde. En somme quoi ? il l'a avalée tout de même, sa purge ? alors ! qu'est-ce qu'il nous ennuie ?

(On sonne.)

FOLLAVOINE. – Oui, ah ! ça me met en bonne posture… pour la concession des vases militaires !

JULIE. – Voilà !… voilà tout ce que tu vois, toi !…

FOLLAVOINE, *au-dessus du canapé.* – Comment vais-je rabibocher ça, maintenant ?

Questions

Repérer et analyser

L'enchaînement des scènes

1 Quel est le nouveau personnage qui apparaît sur la scène ?

2 **a.** À quelle réplique de la scène 7 la première réplique de la scène 8 fait-elle écho ?

b. Lisez la didascalie des lignes 5 à 8. En quoi fait-elle le lien avec la scène précédente ?

La construction de la scène : la symétrie des actions

3 Montrez en délimitant les lignes que la scène 7 est construite sur la reprise de trois situations identiques.

a. Quels sont les trois personnages que Julie veut successivement purger ? Quelle est pour chacun d'eux la raison qui la pousse à le faire ?

b. Quelles sont les réactions respectives de chacun des personnages ?

c. Quel est le personnage qui boit finalement la purge ? À la suite de quelles paroles de Julie le fait-il ? Dans quel état physique se trouve-il après l'absorption du purgatif ?

La scène de famille

Le personnage de Bébé

4 Quel est le véritable prénom de l'enfant ? Quels sont ses surnoms ? Quel âge a-t-il ?

5 De quel caractère et de quel comportement fait-il preuve ? Pour répondre :

a. Appuyez-vous sur sa gestuelle des lignes 31 à 42 et sur les didascalies des lignes 78 et 81 de la scène 7.

b. Relevez le nombre de fois où il répète qu'il ne veut pas se purger.

c. Relevez la réplique qu'il adresse à Chouilloux lorsque celui-ci lui conseille d'obéir à ses parents et dites le nouveau caprice qu'il invente à l'égard de ce personnage.

d. Dites s'il tient ses promesses.

6 Relevez à la fin de la scène la didascalie qui montre que l'enfant a pris le pouvoir sur les adultes.

Le père

7 **a.** Quelle attitude Follavoine manifeste-t-il à l'égard de son fils ?
b. Quels arguments imagine-t-il pour convaincre son fils de se purger ? Quelle est la valeur de ces arguments ?
c. Quelle gestuelle indiquée à deux reprises marque l'exaspération et la nervosité de Follavoine envers son fils aux lignes 44 et 137 ?

La mère

8 **a.** Caractérisez le type de relation que la mère entretient avec son fils (appuyez-vous notamment sur les didascalies de geste la concernant, par exemple lignes 95-96 et 150-151). Explique-t-il le comportement de l'enfant ?
b. Comment Julie réagit-elle à la vulgarité de son fils envers Chouilloux ? Montrez qu'elle empêche son mari de sévir.

9 **a.** Relisez les répliques « Va, ton père est un méchant ! heureusement, ta maman est là ! » (l. 151-152) et « Tu vois la différence entre un père et une mère ! Ton père ne veut pas se purger pour toi ! » (l. 352-353).
En quoi les propos de Julie sont-ils dépourvus de sens logique ?
b. En quoi l'explication donnée par Julie sur la maternité dans les lignes 325 à 338 est-elle dévalorisante pour l'image du père ? Cette explication peut-elle conduire Toto à refuser l'autorité de son père ?

Les effets comiques

Le comique de caractère

10 Quelle est l'obsession de Julie dans la scène 7 ? En quoi cette obsession crée-t-elle un effet comique ?

11 Montrez que Julie fait preuve de mauvaise foi : donnez quelques exemples de cette mauvaise foi, notamment à l'égard de Chouilloux, dans la scène 8.

12 En quoi le caractère et le comportement de Toto (voir réponses précédentes) peuvent-ils être source de comique et faire rire le spectateur ?

Le comique de gestes et de mouvements

13 **a.** De quelle façon Julie s'y prend-elle pour faire boire une gorgée de purgatif à Chouilloux ? Appuyez-vous sur les didascalies des lignes 374 à 376.
b. En quoi la réaction de Chouilloux après l'absorption de la purge est-elle drôle ? Appuyez-vous sur ses gestes, ses expressions, les interjections et onomatopées.
c. Pour quelle raison Chouilloux quitte-t-il précipitamment la scène ? En quoi ses mimiques et sa physionomie (l. 461 à 469) contribuent-elles au comique ?

Le comique de mots et de situation

14 **a.** Quelle gaffe Toto commet-il quand il dit qu'il ira en Belgique à la ligne 102 ?
b. Dans quelle situation met-il ses parents ?

15 **a.** Rappelez l'insulte proférée par Toto à l'encontre de Chouilloux. D'où vient le comique ?
b. Le spectateur s'attendait-il à de tels propos dans la bouche d'un enfant ?

16 Montrez que Chouilloux est mis en position de faiblesse :
a. Par l'enfant : est-il par exemple sincère quand il dit « C'est très intéressant !... pour un homme qui n'a pas d'enfant » (l. 201-202) ? Quel est l'effet produit par cette réplique ?
b. Par les propos de Julie. Vous citerez la réplique dans laquelle Julie révèle qu'il est cocu. Pour quelle raison ce mot lancé fait-il rire le spectateur ?

17 Quelle définition Julie donne-t-elle à son fils du mot *cocu* (scène 8) ? En quoi est-ce drôle ?

18 Dans quelle situation Follavoine se trouve-t-il dans ces scènes ? En quoi suscite-t-il lui aussi le rire ?

La dimension satirique

19 En quoi Feydeau dans cette scène dénonce-t-il une certaine démission des parents ?

Les préparations, les attentes du spectateur

20 **a.** En quoi l'explication donnée par Julie à la question de Toto (scène 8, l. 486) peut-elle préparer une nouvelle péripétie ?
b. À quoi le spectateur peut-il s'attendre concernant :
- Chouilloux ;
- le projet professionnel de Follavoine ;
- l'absorption de la purge par Bébé ?

Écrire

Écrire une courte scène

21 Imaginez une scène où Julie aurait absorbé le purgatif, contrainte par son mari et par Chouilloux.

Mettre en scène

Mettre en scène la scène 7

22 Formez des groupes de quatre élèves et mettez en scène la scène 7. Respectez les didascalies de gestes et de ton. Accentuez le caractère maternel et protecteur de Julie face à l'opposition et l'agitation croissantes de son fils. Marquez l'attitude bienveillante de Chouilloux à l'égard de l'enfant. Puis, montrez que le personnage se décompose (en perdant de son assurance) peu à peu devant les refus et insultes de Toto. Quant à Follavoine, indiquez sa confusion, son indignation jusqu'à sa démission face à une situation qu'il ne maîtrise plus.

Scènes 9, 10 et 11

« Le voilà, tenez, le cocu ! le voilà ! »

Scène 9

Les Mêmes, ROSE, MADAME CHOUILLOUX, TRUCHET

ROSE, *annonçant.* – Madame Chouilloux ! Monsieur Truchet !

FOLLAVOINE. – Ah ! non ! non ! Reçois-les ! Moi, après ça, je ne veux pas les voir.

(Il se dirige vers la porte premier plan gauche.)

JULIE, *se levant.* – Hein ? Mais non ! Mais non ! Bastien !... Je ne les connais pas !

FOLLAVOINE. – Ca m'est égal, arrange-toi !

(Il sort.)

MADAME CHOUILLOUX, *entrant en coup de vent suivie de Truchet.* – Madame Follavoine, sans doute ?

JULIE, *interloquée.* – Hein ? Non !... Oui !

(Elle est contre le coin gauche de la table. Toto se dissimule derrière la hanche de sa mère dont il tient un pan du peignoir devant lui.)

MADAME CHOUILLOUX. – Ah ! madame, enchantée ! *(Faisant allusion à la tenue de Julie.)* Je craignais que nous fussions en retard ; je vois que non.

JULIE, *toute troublée.* – Non !... non !... Excusez-moi, je... je n'ai pas encore eu le temps de m'habiller...

MADAME CHOUILLOUX. – Mais comment donc ! Je vous en prie ! si vous allez faire des cérémonies !... *(Présentant.)*

Monsieur Truchet, mon cousin, que vous avez eu l'extrême amabilité…

TRUCHET. – Madame, je suis confus de mon indiscrétion !… pour la première fois que j'ai l'honneur… !

JULIE. – Mais je vous en prie… !

MADAME CHOUILLOUX, *apercevant la tête de Toto qui se risque hors du peignoir de sa mère.* – Et c'est à vous, madame, cette charmante petite fille ?

JULIE, *dégageant Toto.* – Oui !… oui ! seulement c'est un petit garçon.

MADAME CHOUILLOUX, *interloquée.* – Ah ? ah ? *(Comme excuse.)* À cet âge-là, n'est-ce pas ?… il n'y a rien pour distinguer.

JULIE. – En effet oui !… oui !

TRUCHET. – Et monsieur Follavoine n'est pas là ?

JULIE, *indiquant la porte de gauche premier plan.* – Si ! si, par là !… par là !

TOTO, *mettant ingénument les pieds dans le plat.* – Avec le cocu !

JULIE, *tirant vivement Toto derrière elle.* – Oh !

MADAME CHOUILLOUX, *se demandant si elle a bien entendu.* – Comment ?

JULIE, *vivement.* – Rien ! Rien ! C'est… c'est un employé de mon mari.

MADAME CHOUILLOUX, *se pâmant.* – Qui s'appelle Lecocu ! Ah ! Quel nom fâcheux !

JULIE, *avec un petit rire forcé.* – N'est-ce pas ?… n'est-ce pas ?…

TRUCHET. – Et difficile à porter ! difficile !

JULIE. – Oui !… oui !

MADAME CHOUILLOUX, *de même.* – A-t-on idée: « Lecocu » ! *(Sans transition.)* Oh ! Mais ça me fait penser: mon mari doit être arrivé !

JULIE. – Oui !... Oui, parfaitement ! il est là.

MADAME CHOUILLOUX. – Aha !... avec eux !

JULIE. – Eux ! Qui, « eux » ?

TRUCHET. – Eh ! bien, monsieur. Follavoine et monsieur Lecocu.

JULIE. – Ah !... Oui !... oui, oui !.. Asseyez-vous donc, je vous en prie ! asseyez-vous donc !

(Madame Chouilloux va pour s'asseoir (n° 1) sur le canapé tandis que Truchet remonte un peu pour chercher la chaise volante. À ce moment la porte de gauche s'ouvre et Chouilloux surgit, suivi de Follavoine. Ils parlent tous deux à la fois.)

Scène 10

Les Mêmes, CHOUILLOUX, FOLLAVOINE

FOLLAVOINE. – Monsieur Chouilloux ! Je vous jure... !

CHOUILLOUX. – Non, laissez-moi ! laissez-moi !

MADAME CHOUILLOUX, *s'avançant vers son mari.* – Ah ! Adhéaume !

CHOUILLOUX. – Vous, misérable !

TRUCHET *et* MADAME CHOUILLOUX, *ahuris.* – Quoi ?

FOLLAVOINE, *au-dessus du canapé.* – Dieu !

CHOUILLOUX, *montrant sa femme.* – La voilà, tenez ! la femme adultère !

MADAME CHOUILLOUX. – Moi !

CHOUILLOUX *allant à Truchet et l'indiquant.* – Le voilà, tenez ! l'ami félon !

TRUCHET. – Mon ami !

CHOUILLOUX, *arrivé au milieu de la scène, écartant sa redingote et avançant la poitrine.* – Le voilà, tenez, le cocu ! le voilà !

FOLLAVOINE, *qui derrière les personnages est allé rejoindre Chouilloux au milieu de la scène.* – Mon Dieu ! mon Dieu !

MADAME CHOUILLOUX. – Mais c'est fou, mon ami, c'est fou !

TRUCHET. – Mais qui est-ce qui vous a dit… ?

CHOUILLOUX. – Qui m'a dit ? Tenez ! *(Indiquant Follavoine à sa droite.)* Demandez à monsieur ! *(Indiquant Julie à sa gauche.)* Demandez à madame !

FOLLAVOINE. – C'est faux, monsieur Chouilloux ! c'est faux !

MADAME CHOUILLOUX, *allant à Chouilloux.* – Mon ami… !

CHOUILLOUX, *l'écartant du geste.* – Arrière, madame ! Je ne veux plus vous voir. *(Passant à Truchet.)* Quant à vous, monsieur, vous recevrez mes témoins !

(Il remonte prendre son chapeau.)

MADAME CHOUILLOUX, *s'élançant à sa suite.* – Mon ami, je t'en prie, écoute-moi !…

TRUCHET, *remontant également.* – Chouilloux, mon ami…

CHOUILLOUX. – Non !

(Il sort suivi de sa femme.)

TRUCHET, *redescendant et allant directement à Follavoine.* – C'est vous qui avez dit ça ?

FOLLAVOINE. – Mais, non ! il y a un malentendu !

TRUCHET. – C'est bien, vous m'en rendrez raison.

(Il lui applique une gifle.)

FOLLAVOINE, *qui en voit trente-six chandelles.* – N… de D… !

TRUCHET. – J'attends vos témoins !

(Il sort furieux.)

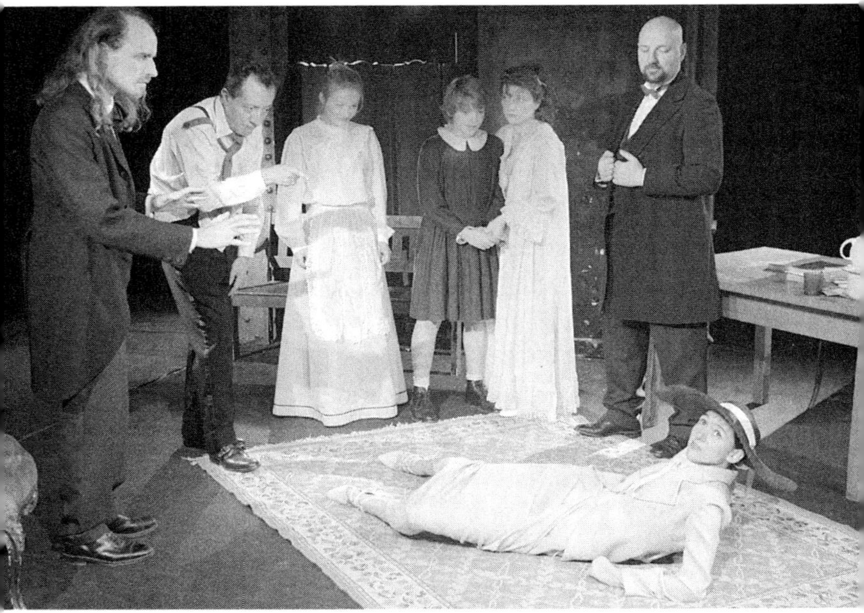

Benoît Dugas (Follavoine), François-Paul Dubois (Chouilloux), Laure Mathurier (Rose), Germain Lainard (Toto), Angélique Dessaint (Julie), Pierre Nahori (Truchet), Sylvia Bagli (Mme Chouilloux). Mise en scène de Jean-Luc Jeener, 2004.

FOLLAVOINE, *se tamponnant la joue.* – Oh ! nom de nom ! oh !

JULIE, *après un temps, les mains sur les hanches, toisant son mari d'un air dédaigneux.* – Eh bien ! tu es content ! Voilà ce que tu nous amènes avec toutes tes histoires !

FOLLAVOINE, *ahuri.* – Moi !... Moi !... Tu oses dire que c'est moi !...

JULIE, *haussant les épaules.* – Naturellement, toi ! Si tu n'avais pas invité tous ces gens-là à déjeuner !

FOLLAVOINE. – Moi ! Moi !

JULIE. – Ah ! laisse-moi donc tranquille ! tu n'en fais jamais d'autres !

(Elle sort furieuse par la porte pan coupé.)

FOLLAVOINE. – C'est ma faute ! c'est ma faute ! J'ai un duel à cause d'elle, et c'est ma faute ! *(S'effondrant sur le canapé.)* Oh ! non, non, cette femme me rendra fou !

(Étouffant d'indignation, il aperçoit près de lui sur le guéridon l'autre verre d'Hunyadi-Janos. Il se précipite dessus et l'avale d'un trait.)

TOTO, *le regardant absorber sa purge. – À part, ravi.* – Oh !

FOLLAVOINE. – Ah ! pouah !

(Il se précipite comme un fou dans sa chambre, gauche premier plan.)

Scène 11

TOTO, *puis* JULIE, *puis* FOLLAVOINE

TOTO, *une fois son père sorti, secouant joyeusement la main de façon à faire claquer son index contre le pouce et le médius réunis.* – Chic ! Chic ! *(Il va au guéridon, prend le verre vidé par son père, le renverse en l'agitant comme une sonnette, pour mieux constater qu'il est réellement vide ; puis faisant à nouveau claquer ses doigts.)* Chic ! Chic ! *(Courant par l'extrême gauche, avec son verre à la main, entr'ouvre la porte du pan coupé et appelant.)* Maman !… Maman !

VOIX DE JULIE. – Quoi ? Qu'est-ce qu'il y a ?

TOTO. – Maman ! viens !

(Il descend au milieu de la scène.)

JULIE, *paraissant et allant rejoindre Toto.* – Qu'est-ce que tu veux, mon chéri ?

TOTO, *avec un aplomb déconcertant.* – Voilà !… J'ai bu !

(Il tend son verre.)

JULIE. – Quoi ?

TOTO, *renversant le verre pour faire voir qu'il est vide.* – La purgation !

JULIE, *s'agenouillant près de lui.* – Tu as bu ! Ah ! Chéri, que c'est gentil ! Eh bien ! tu vois : ce n'était pas bien terrible !

TOTO, *avec un sourire malicieux.* – Oh ! non !

FOLLAVOINE, *faisant irruption avec son paletot mis et son chapeau sur la tête.* – Non ! Non ! J'aime mieux m'en aller ! j'aime mieux quitter la maison !

(Il va jusqu'à sa table, sur laquelle il prend des papiers qu'il range nerveusement dans un dossier avant de sortir.)

JULIE, *sans même s'apercevoir de l'état de son mari.* – Bastien ! Bébé a pris sa purgation.

FOLLAVOINE. – Je m'en fous !

(Il sort furieux.)

JULIE, *indignée.* – Il s'en fout !… Il s'en fout ! *(À Toto.)* Tiens, le voilà, ton père ! Il s'en fout ! Ah ! heureusement, tu as ta mère ! Va ! aime-la bien, mon chéri ! aime-la bien !

(Elle couvre Toto de baisers.)

RIDEAU

Repérer et analyser

L'enchaînement des scènes et l'action

L'enchaînement des scènes et les péripéties

Au théâtre, *les péripéties* sont les événements qui permettent de faire avancer l'action.
Un *coup de théâtre* est un événement imprévu qui change le cours de l'action et le destin ou les projets des personnages.

1 **a.** Quels sont les nouveaux personnages qui apparaissent à la scène 9 ?
b. Dans quelle scène le spectateur avait-il entendu parler d'eux ?
2 En quoi la scène 10 constitue-t-elle une suite de la scène 8 ?
3 En quoi l'arrivée sur scène de Chouilloux se présentant comme le cocu fait-elle suite aux propos de Toto ? Dans quelle scène cette péripétie était-elle préparée ? Citez le texte.
4 Quelle gaffe Toto commet-il dans la scène 9 ? En quoi cette gaffe fait-elle l'effet d'un coup de théâtre ?

Le dénouement

Le dénouement est la dernière péripétie qui clôt la pièce et qui permet à l'intrigue de se « dénouer ». Le dénouement d'une comédie relève du registre comique.

5 **a.** Quelle accusation Chouilloux porte-t-il à l'encontre de sa femme et de M. Truchet ?
b. M. Truchet et Mme Chouilloux nient-ils la réalité de l'accusation ? Quelle est leur réaction à l'égard de Chouilloux ?
c. Quel personnage est désigné comme le responsable de la révélation ? Quelle est la réaction de Truchet à son égard ?
d. À quel acte Follavoine se livre-t-il à la fin de la scène 10 ?
6 En quoi Toto met-il un terme à l'action dans la scène 11 ?
7 Quelle décision Follavoine prend-il à la fin de la pièce ? Julie le laisse-t-elle faire ?
8 Relevez la didascalie de geste qui termine la pièce. Quelle relation résiste aux différentes péripéties ? Sur quel tableau le rideau se baisse-t-il ?

Le comique de mots et de situation

9 En quoi la gaffe commise par Toto provoque-t-elle le rire? Montrez que les effets comiques qui s'ensuivent relèvent du comique de mots et du comique de situation. Vous analyserez notamment:

a. La situation dans laquelle Toto met sa mère, Mme Chouilloux et Truchet.

b. La façon dont Julie tente de corriger la gaffe de son fils.

c. L'association comique faite par Mme Chouilloux dans la réplique des lignes 50 à 52. Mme Chouilloux comprend-elle que M. Lecocu est son mari?

10 Par quel argument Julie explique-t-elle à son mari qu'il est le responsable de la situation (fin de la scène 10)? En quoi sa mauvaise foi est-elle comique?

11 En quoi l'acte accompli par Follavoine, la gestuelle et la mimique qui accompagnent cet acte sont-ils comiques?

Le comique verbal: la parodie

Une parodie est *l'imitation caricaturale* d'une œuvre sérieuse.
La scène 10 est une véritable parodie du mélodrame tragique (drame populaire caractérisé par la présence d'action et d'émotions fortes). On y retrouve les principaux éléments: langage et gestes solennels, répliques symétriques qui mettent en valeur la douleur, personnages qui parlent d'eux-mêmes à la troisième personne, duels…

La confrontation entre le mari et les amants

12 En quoi la confrontation entre les amants et M. Chouilloux relève-t-elle de la parodie et provoque-t-elle le rire? Pour répondre:

a. Relevez les répliques symétriques par lesquelles Chouilloux accuse les personnages d'adultère. À quel niveau de langage le mot *félon* appartient-il? Aidez-vous du dictionnaire. Quel est l'effet produit?

b. Relevez la réplique par laquelle Chouilloux se désigne comme *le cocu*. Quel geste théâtral accompagne sa déclaration? Quel est l'effet produit par le rapprochement des mots *cocu* et *félon*?

13 Relisez la réplique de Truchet : « Mais qui est-ce qui vous a dit… ? » (l. 82) Quelle confirmation Truchet apporte-t-il à Chouilloux ? En quoi cette réplique est-elle comique ?

Les convocations en duel

14 Relevez la réplique qui indique la convocation en duel. Quel est l'affront qui justifie ce duel ?

15 Relevez les répliques que prononce Chouilloux à l'adresse de sa femme et de Truchet et qui marquent la solennité du moment. En quoi le personnage se prend-il pour un héros tragique ? Montrez que ce comportement est en décalage :
a. Avec ce que le spectateur connaît du personnage.
b. Avec le nom même du personnage, *Chouilloux*, dont vous étudierez les sonorités. Relevez la réplique dans laquelle le spectateur apprend son prénom et dites en quoi ce prénom est en décalage avec son nom.
c. De quoi le spectateur rit-il ?

16 **a.** Quelle est la raison qui conduit Truchet à convoquer Follavoine en duel ? En quoi s'agit-il d'une méprise comique ?
b. Quel geste de Truchet envers Follavoine rend le duel irrévocable ?

Les personnages et leurs relations

Julie

17 **a.** En quoi Julie est-elle conforme à ce qu'elle était jusqu'ici ?
b. Quel argument emploie-t-elle pour rendre son mari responsable de la situation (dernière partie de la scène 10) ?
c. Quels sentiments la gestuelle du personnage traduit-elle (*les mains sur les hanches, haussant les épaules*) ?

18 **a.** Julie est-elle affectée par le départ de Follavoine ? Les relations qu'elle entretient avec son mari se sont-elles améliorées depuis le début de la pièce ?
b. Qu'en est-il des relations qu'elle entretient avec son enfant à la fin de la pièce ? Feydeau donne-t-il d'elle l'image d'une bonne mère ?

Follavoine

19 **a.** En quoi la défense de Follavoine envers les accusations de Julie consiste-t-elle ? Parvient-il à se défendre ?

b. Quel type de phrase traduit ses sentiments à la fin de la scène 10 (l. 149-150) ? Quelle sensation physique ressent-il ?

20 Quelle décision Follavoine prend-il à la fin de la pièce ?

21 Quel type de mari Follavoine est-il ? A-t-il évolué depuis le début de la pièce ? Que peut éprouver le public face à ce personnage ?

Toto

22 Quel mensonge Toto fait-il dans la dernière scène de la pièce ? Est-il conforme à l'image qu'il a donnée de lui jusque-là ?

23 Relevez la didascalie de geste qui montre son triomphe au début de la scène 11. En quoi Toto s'est-il joué de tous les personnages ? Quel est le dernier personnage qui est victime de l'enfant ?

La visée

24 **a.** Le dénouement est-il heureux pour tous les personnages ? Quels personnages sortent indemnes de l'aventure ?

b. Quel est le personnage qui a mené le jeu d'un bout à l'autre de la pièce ? En quoi cette dernière scène apporte-t-elle une réponse au titre de la pièce ?

Se documenter

Le personnage du mari dans l'œuvre de Feydeau

« Les maris apparaissent finalement comme des êtres sans ressort dont les révoltes dérisoires méritent plus de pitié que d'ironie. On les comprendra peut-être mieux si l'on se souvient que l'apparition, dans l'œuvre de Feydeau, de ce nouveau type de personnage (en 1908, dans *Feu la Mère de Madame*) précède de très peu le moment où il quitte lui-même le foyer conjugal pour l'hôtel *Terminus*. Au fond, ces époux lamentables ne représentent-ils pas ce que l'auteur aurait pu devenir s'il avait eu la force de rompre les amarres conjugales ? Quoi qu'il en soit, en passant du premier au

second type de héros masculin, on quitte la gaieté pétillante du vaudeville pour le comique amer de la farce et, au lieu d'un personnage de fantaisie, on rencontre une figure beaucoup plus proche du réel. »

Le Théâtre de Feydeau, Henry Gidel, p. 209.

Lire et comparer

***Victor ou les Enfants au pouvoir*, Roger Vitrac (1928)**

Cet extrait est tiré de l'acte I scène 1 de *Victor ou les Enfants au pouvoir* de Roger Vitrac, représenté pour la première fois au théâtre des Champs-Élysées en 1928, mis en scène par Antonin Artaud. La scène se déroule à Paris en 1909. Victor, âgé de 9 ans, discute avec la bonne Lili, qui met le couvert. Victor vient de casser par provocation un vase de valeur et accuse Lili.

Lili. – Comment ! tu oses m'accuser de ce que tu viens de faire toi-même, volontairement, et sous mes yeux ?
Victor. – Oui.
Lili. – Mais je dirai que c'est toi.
Victor. – On ne te croira pas.
Lili. – On ne me croira pas ?
Victor. – Non.
Lili. – Et pourquoi ?
Victor. – Tu verras…
Lili. – Je voudrais bien que tu me dises pourquoi ?
Victor. – Tu verras…
Lili. – Mais, c'est affreux ! C'est abominable ! Je ne t'ai rien fait, moi, mon petit Victor ! N'ai-je pas toujours été gentille, ne t'ai-je pas évité…
Victor. – Tu ne m'as rien évité, jamais.
Lili. – Dieu du Ciel ! qu'est-ce qu'il a ? Qu'as-tu ?
Victor. – J'ai neuf ans. J'ai un père, une mère, une bonne. J'ai un navire à essence qui part et revient à son point de départ, après

avoir tiré deux coups de canon. J'ai une brosse à dents individuelle à manche rouge. Celle de mon père a le manche bleu. Celle de ma mère a le manche blanc. J'ai un casque de pompier, avec ses accessoires, qui sont la médaille de sauvetage, le ceinturon verni et la hache d'abordage. J'ai faim. J'ai le nez régulier. J'ai les yeux sans défense, et les mains sans emploi, parce que je suis trop petit. J'ai un livret de caisse d'épargne, où l'oncle Octave m'a fait inscrire cinq francs le jour de mon baptême, avec le prix du livret et du timbre ça lui a coûté sept francs. J'ai eu la rougeole à quatre ans et sans le thermomètre du docteur Robiore, j'y passais. Je n'ai plus aucune infirmité. J'ai la vue bonne et le jugement sûr, et je dois à ces dispositions de t'avoir vu commettre, sans motifs, un acte regrettable. La famille appréciera.

LILI, *pleurnichant*. – Tu n'as pas le droit de faire ça. Ce n'est pas bien. Si tu as un cœur, tu t'accuseras toi-même. C'est ainsi qu'agissent les petits garçons loyaux et francs. […]

VICTOR. – … Je pourrais m'en accuser. Je le ferais volontiers, mais on ne me croirait pas.

LILI. – Quoi ?

VICTOR. – On ne me croirait pas, parce que je n'ai jamais rien cassé de ma vie. Pas un piano, pas un biberon. Tandis que toi, tu as déjà à ton actif la pendule, la théière, la bouteille d'eau de noix, etc. Si je m'accuse, voilà mon père : Le cher enfant, il veut sauver Lili. Et ma mère : Victor, ce que tu fais là est très bien ; vous Lili, je vous chasse. Parce qu'il y aura du monde, on ne t'insultera pas davantage. Que veux-tu, tu as cassé le vase, je n'y peux rien. Rien du tout. Car, puisque je ne puis pas être coupable, je ne peux pas l'avoir cassé.

LILI. – Pourtant, il est cassé.

25 **a.** Caractérisez le personnage de Victor (condition sociale, éducation, comportement).
b. Combien de fois utilise-t-il le pronom à la 1re personne dans sa première longue réplique ? Dites ce que cela révèle de son caractère.

26 Quels traits a-t-il en commun avec Toto ? En quoi peut-on rapprocher les prénoms des deux personnages ?

Index des rubriques

Repérer et analyser

Étudier la langue

Écrire

Mettre en scène

Lire et comparer

Se documenter

Table des illustrations

2, 5	ph ©	Bridgeman/Giraudon
7	ph ©	Ramon Senera/Agence Bernand
9	©	Françoise Parmentier, 2004
21	ph ©	Ramon Senera/Agence Bernand
31	ph ©	Ramon Senera/Agence Enguerand
48, 69	ph ©	Ramon Senera/Agence Bernand
82	ph ©	Agence Bernand
92	ph ©	Ramon Senera/Agence Enguerand
105,118	ph ©	Ramon Senera/Agence Bernand

13, 14, 15, 16, 26, 27, 28, 29, 39, 40, 41, 42, 60, 61, 62, 63, 76, 77, 78, 79, 88, 89, 90, 110, 111, 112, 113, 121, 122, 123, 124, 125, 126 © Eugenio Foz, 2005

PAPIER À BASE DE FIBRES CERTIFIÉES

Hatier s'engage pour l'environnement en réduisant l'empreinte carbone de ses livres. Celle de cet exemplaire est de :
350 g éq. CO_2
Rendez-vous sur www.hatier-durable.fr

Iconographie : Édith Garraud assistée de Christine Charier/Hatier Illustration

Principe de maquette : Mecano-Laurent Batard

Mise en page : Nicole Pellieux

Dépôt légal : 94481-9/10 - Avril 2020

Achevé d'imprimer par Black Print CPI Ibérica S.L.U.- Espagne